态度人生

曲胜利 编著

中国戏剧出版社
CHINA THEATRE PRESS

作者的话

人,大概到了一定的年龄都会感叹同样一个话题,那就是"人生"。经历的事情多了,见过的形形色色的人多了,有时候不禁会思索,为什么某某会做出那样的选择?

我们可能经常会为那些做出"错误"选择的人而感慨叹息,我们又可能经常会对那些做出"正确"选择的人肃然起敬。当然这里的"错误"或者"正确"是世俗的、一时的,并非永恒。但是,不同的选择成就了不同的人生却是客观的。

想想的确如此,我们每个人每时每刻都会面临做选择这件事,只是有的事情大,有的事情小而已。我经常会想,是什么让我们做出了不同的选择,不就是人生态度吗?

在漫长的人生道路上,不同的人有着不同的人生态度。不同的人生态度也成就了不同的人生。凡事都积极面对的人,他们的人生都不会差;而凡事都消极悲观的人,也大概不会有什么成就。所以,从这个角度上讲,人生不就是一个态度的集合吗?换句话说,人一切的态度也就构成了我们的人生。

为了成功,为了出人头地,我们都在追求积极的人生态度。然而,无数的事实告诉我们,这确实是比较艰难的。也可以说,一个积极的人生态度的养成并不是那么容易的。

　　我们不妨自己检视一下，在面临各种情况、遇到各种事情时，同样是积极应对大概也有几种情形：一种是虽不情愿但须如此，权衡利弊后不得已而为之；一种是心甘情愿就须如此，属于坚定信念而笃行之；一种是行成于心本该如此，此做事原则早已成为人生观、价值观的一部分。以上三种情形似乎也可以看成是态度形成的三个阶段，只有最后一种才是稳固的，也才可以看成是真正积极的人生态度。由此可见，人生态度也是从模仿、联想到强化而逐步形成和稳固的过程。我们每个人的人生态度，不都是从历史文化中，从名人志士的事迹、周边人的影响中，以及从我们接受的各种教育、受到的各种熏陶中，一步步养成的吗？于是一个想法涌上心头。

　　这些年来，每每遇到事情我都养成了习惯：如果在事前，总会想一想这事应当怎么办才是最好的，这样办会怎样，那样办会怎样；事后还要盘点一番，有没有失策，有没有更好的做法。在工作中的言行举止是不是妥当？话说出去了，事情已经做了，效果如何？如此等等，自己都会进行一些总结，并记录了下来。当然也包括看到的、听到的其他事情，自己的认识、见解和感悟。时间长了便积累了不少"只言片语"。这些"只言片语"，有一些回过头来看时已经显得或者肤浅、或者过激了，而有一些反而在过去了几年之后，却越发觉得异常深刻。因此，就萌生了结集出版的念头，或许能够帮到一些人。如果真能，那就是令人无比欣慰的事了。如果不能，至少也值得大家思考、品味……

作　者

2022 年 9 月

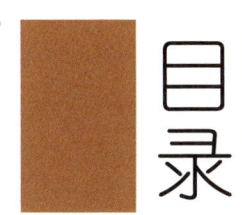

上篇 观己

第一章 德

【德厚】
21 积德是人生最好的积累
22 德 悟
23 修术、修道、修德
23 木 轮
24 厚德载物之理
24 恰到好处的道德品格

【德美】
25 谦虚使人心缩小
26 持 重
26 良心有三种
26 留心眼而不是心计

第二章 善

【善良】
28 做一个暖意融融的人

29 向善而后得
29 善始者善终
30 善有善报
30 由心而生才是真善
31 善缘结在时时处处
32 选择善良灵魂才会得到宁静
32 善与恶只在一念之间
33 善 恶
34 给别人带去快乐
34 正直善良
35 相信美好，相信善良
35 善良要有原则和底线

【品行】

36 好人品是一个人的护身符
37 人品大于天
37 害人之心不可有
38 害人终害己
38 做一个行善者
39 上善若水
39 给子孙剩一分善心
40 和善的心

第三章
诚信

42 做人诚信
43 守信用的人，自得人心
43 永远不要欺骗别人
44 心 诚

第四章
忠诚

46 忠诚是一个人基本的品质
47 一个完整的"人"
47 忠诚不是愚忠
48 忠诚事业，成就事业

第五章
感恩

【怀恩】

50 福往者福来
51 一切都值得感恩
52 要为得到而感恩
53 感恩生命的恩赐
54 知足感恩
54 感恩的人

【人恩】

55 没有什么是理所当然的
56 小恩养贵人、大恩养仇人
56 需要感激的人
57 感激照亮我们人生道路的人
57 铭记恩人

第六章
宽忍

【宽容】

59 包容是人生最大的修养
60 修一颗宽容的心
60 宽 容
61 宽恕别人
61 包容别人就是善待自己
61 看轻世事

【忍耐】

62 自 勉
63 能忍才是幸福
64 忍让者
64 要有容人的气度
65 不计较
65 无须计较
66 不过分忍让
66 不过分计较

第七章
心胸

68 胸　怀
69 心放宽才能开心一路
70 心量大小决定人生苦乐
70 委屈一笑置之
71 肚　量
71 八颗心

第八章
自律

73 自觉而稳定的自律
74 做一个自律者
74 自我控制

第九章
责任

【为人】
76 心中要装着别人
77 肯担苦难，方为成熟
77 人为众人大气局
78 担　当
78 境界大小

【为己】
79 人都要承担责任
80 增强担责的力量
81 不贪求清闲

第十章
辨思

83 深度思考
84 多思少言是大智慧
85 善谋者善断
86 每日当自省
86 四点感悟
87 转　念
87 思　考
87 独立思考

88 精神有依托
88 一种智慧

第十一章
幸福

【福来】
90 什么是幸福？
91 幸福要靠自己
91 没有唾手可得的幸福
92 幸福来自奋斗
92 幸福如人饮水
93 不去比较

【福聚】
94 幸福其实很简单
95 心安理得是一种大幸福
96 平安是福
96 放下也是一种幸福
97 边走边忘
97 自己的幸福
98 创造幸福
98 平凡的幸福

第十二章
理想与信念

100 朝着理想的方向前进
101 追求梦想的过程
102 坚持正确的方向才会胜利
102 有信念无困境
102 水的梦想
103 捍卫自己的理想
103 把握自己
104 路和梦想就在脚下
105 心中要永远有一座明亮的灯塔

第十三章
坚持与相信

【信念】
107 坚信自己的坚信

108 相信你自己
108 人活着不是靠泪水博得同情而是靠汗水赢得掌声
109 相信自己
109 坚持与固执的区别
110 区分执着与坚持
110 相信我"能"
111 坚定的理想和信念
111 人生就是过坎

【前行】

112 多坚持一分钟
113 坚持不懈的意义
114 沉 淀
115 人生是场马拉松
116 成功的背后
117 厚积而破土
118 人的韧性
118 坚 持

第十四章
自我成长之力

【自力】

120 内在的力量
121 自力与借力
122 内 心
122 从内打破，如获新生
123 勇于改变
123 被人理解不可强求
124 强者自强
124 坚强的理由
125 无悔自己的选择
126 承 受
127 自负则悲
127 所有的疼痛都不会白疼
127 自强才是硬道理
128 "水"的品质

129 成 熟
129 悟 道
130 发现自己的缺点
130 去伪存真
131 领悟遗憾
131 成熟的标志
132 力出所及
132 不要回头
133 在自己的弱点上开刀
133 不要原地踏步
134 认识自己的不足
134 自 信
135 认识自己

【借力】

136 接受批评
137 敢于应战
137 逼自己一把
138 突破性格
138 变换与安定
139 接 纳
139 当你迷惑时
139 沉 淀
140 先付出后得到
140 要靠自己
141 向水学习
142 朝着自己想要的方向前进
142 不 够
142 智慧是从做事而来的
143 改 变
143 实现自我
144 敢于给自己一片没有退路的悬崖
144 知进取
145 不随波逐流

第十五章
珍爱自己 观照内心

【心境】

147 打理好内心世界
148 直面孤独
149 不要让内心蒙尘
149 净化内心
150 我们的心决定世界的样子
151 关注内心
151 安 静
152 自 察
152 沉淀自己
153 从不良情绪中观察自己
153 自我认同
154 心要滋养
155 有趣的灵魂
155 一切都是心造的
156 心安即是归处
157 看淡、看开
157 心选世界
158 心主万物
158 心不可乱
159 心不可以急
160 心定少烦恼
160 把心搁在当下
161 心 静
162 纯真、笃实的心
162 心美人才美
163 内心强大
163 心量与能量
164 把握、洞察你的内心
164 人心不安的原因
165 静

【爱自己】

166 善待你自己
167 控制自己的心情
167 倾听你自己
168 做情绪的主人
168 你最重要
169 最大的敌人是自己
169 放过自己
170 为自己活
170 控制情绪
171 一个真正的人
171 心系一处，自走自路
172 难得糊涂
173 自我调适
173 不期待
174 明知自己的长短
174 人不欺己
175 人不自欺谁能欺？
175 苦与乐

第十六章
心态

【状态】

177 心态如琴弦
178 茶 说
179 心 态
179 好心态决定好命运
180 生气是一种无知
180 平常心即真心
181 转 变
181 心大一点
182 三种心态
182 心平气和
183 态度决定方向
183 有一颗平常心
184 积极与消极
184 少烦恼
185 去除悔悟之感的三个过程

186 不生气
186 真诚依旧
187 警惕"受害者"心理
187 不要在意别人的看法
188 谨 慎
188 不固执
188 心态好是最大的财富

【成败】
189 快乐的根源
190 人与人之间的差别在于心态
190 心态决定成败
191 这个世界没有对不起我们
192 心态健康
193 面对诱惑要有平常心
193 放开心
194 以平常心观不平常事
194 活在自己的世界里
195 乐观、勇敢
195 安 心
196 态度人生
196 忏 悔

【得失】
197 不计较得失
198 得失之心
199 看待得失
199 懂 得
200 舍 得
200 争与不争
201 争不得
201 沉淀和取舍
202 苦与累
202 简单的心
203 争或不争
204 不求回报
204 不计较的人

205 施恩与图报
205 得与失
205 不计较小事

中篇 明达

第十七章 人世交集

【世人】
208 人可靠吗？
209 这就是真相
210 择善而交
211 交往的智慧
211 面对不地道的人
212 无能的人不盼别人好
212 对待不喜欢的人
213 话不投机半句多
213 不要轻易相信别人
214 人如酒
215 男人不贪酒
215 为人的真谛
216 低调的人
216 口 舌
217 人性良恶
217 不露伤心事
218 善解人意
218 为人处世的学问
219 与人交往
219 人 世
220 从 众
220 人来人往皆随缘
221 不在无谓的人事上浪费生命
221 要比别人强
222 是人都有弱点
222 人情喜恶变化无穷

223 境
224 台 阶
224 坦 荡
225 利益面前是非多
225 不为不知
226 苦难不可强加于人
【友人】
227 生命中最悲哀的事
228 距离产生美
229 朋 友
230 珍惜缘分
231 老朋友
231 知 己
232 朋友与利益
232 落难见真情
233 靠近喜欢你的人
233 说不出才是友谊
234 人往高处走
235 评价他人的方式
【合作】
236 多一分理解开一分智慧
237 懂 得
238 有去必有回
238 成就他人也是在成就自己
239 做人要学会换位思考
240 人与人之间最好的关系是彼此成就
240 使用价值
241 为他人谋福祉
241 与谁同行
242 与人交往无公平
242 学会欣赏
243 尊重别人就是尊重自己
243 把好处让予他人
244 不损人利己

244 与人相处
245 不说风凉话
245 感恩遇到的每个人
246 放松对别人的期待
246 待人要有保留
247 交心的秘诀
247 不去改变别人
248 盈 亏
248 通人性
249 不轻易许诺
249 给人利用才有价值
250 分享与索取
251 等价交换的人脉
251 成就别人
252 掌握人事互动的原则
253 对立与和谐
253 托 举
254 与人相处不计较
254 人各有样
255 求同存异
255 珍惜声誉
256 给予别人帮助

第十八章
情与爱

258 真正的感情
259 互相给予才是爱的基础
259 婚姻总会有缺憾
260 遇到对的人就会有对的事
260 婚姻围城
261 付出爱，发现美
262 什么是爱？

第十九章
规则与规矩

264 人生有尺
265 先讲规则

265 做人，懂分寸
266 天　道
267 懂得敬畏
268 心存敬畏
268 不要轻易爬到山顶
269 敬人者人恒敬之
270 敬己、敬人、敬事
272 崇尚科学
272 傲气不可有，傲骨不可无

第二十章
言行

274 守嘴不多舌
274 言行是一面镜子
275 责询有别
275 话投所好
276 看　透
276 思考"人言"的另一个角度
277 生来自由
277 誓　言
278 故　事
278 良好沟通的条件
279 忠言逆耳
279 学会拒绝
280 慎言慎语
280 对自己的行为负责
281 说话有时机
281 话不言尽
282 领会玩笑
282 坦诚拒绝
283 守住沉默
283 眼　耳
284 去伪存真
284 问　答
285 同　频
285 悟　做

286 人要学会反省自己
286 言　行

第二十一章
挫折与苦难

【度过】
288 珍视艰难困苦
289 远离安逸舒适
289 做精英就必经磨难
290 人要像梅花
290 每一条通往阳光的大道
　　都充满坎坷
290 人生就是在度劫
291 正视失败
291 面对失败与狼狈
292 一直迎接挑战
292 多一些经历
293 超越困难便见成功
293 感恩困难助我成长
294 面对挫折，强弱有别
294 接受缺憾
295 苦　报
295 适应世界
296 有阴影的地方必定有光
297 步履不停
297 从曲折中汲取能量和养分
298 承担苦难后果
298 学会放弃
299 微笑面对
299 与委屈相处
300 认识痛苦
300 迎难而上
301 磨难的意义
301 拥抱黑暗
302 感谢遭遇
302 利弊都有利

303 临危不乱，保持优雅
303 容纳悲苦，化解怨恨
【升华】
304 平静地面对苦难
305 在磨难中成长
305 痛苦的意义
306 遭遇苦难也是财富
306 人生的考验
307 磨　炼
308 沉默的时光
309 曲线美
309 领　悟
310 经历苦难是成长的必经之路
310 厚积薄发
311 成长道路上的沟坎
311 坎
312 败不馁
312 快乐的源泉

第二十二章
成事

【积累】
314 积跬步至千里
315 安静做事
315 熬
316 忙有好几种
316 时间应当放在哪？
317 交给时间
317 安静做事，让时间证明
318 让时间有意义
318 忙起来，闲下去
318 付出才有回报
319 沉　淀
320 统　治
【品质】
321 天道酬勤

322 勤奋是最宝贵的品质
322 用心做事
323 人要有理想
323 能扛事的人
324 追　求
324 付出不求回报
325 全心投入
325 努力的意义
326 励志的人
326 理智先行
327 限制自己
327 纯　粹
328 遇事不慌才能成就大事
328 保持冷静
329 知道自己的位置
329 能屈能伸，可方可圆
330 外圆内方
330 有所畏惧
331 让心性成为习惯
332 处事不惊，临危不惧
【能巧】
333 风　险
334 能　力
334 现在就做
335 心动不如行动
335 正确地做正确的事
336 来事不慌，遇事能扛，事过能忘
336 权　衡
337 把握成事之机
337 做最坏的打算并拿出应对策略
338 求人不如求己
338 成功的捷径
339 缓一缓
340 人要善假于物
340 停下脚步有时候也会有收获

341 做有意义的事情
341 人与人的区别
342 门槛论
342 格局要大
342 急不来
343 转 化
343 不断选择
344 播撒种子
344 放 缓
345 利用现有的
345 三个错误不能犯
346 手脚干出来的成绩才最真实
346 重 要
347 成 事
347 做别人不愿意做的事
348 成 熟
348 专注于一个领域
349 过滤无用信息
349 兴趣是最好的老师
350 眼 光
350 得偿所愿在自己
351 付出终有回报
351 角 色
352 不要在心浮气躁时做决定
352 逃 避
353 靠实力说话
353 舍下面子
354 手脚并用才能平稳向前
354 侥幸和鲁莽
355 成 长
355 三种人
356 无知和冲动
356 身怀霸气
357 优秀一点点
357 第一印象

358 成为一个有价值的人
358 先有地位才有公平
359 善于利用资源
359 感激运气
360 修方便行走的人生技能

第二十三章
学无止境

362 学 习
363 人的差别
364 静心学习
365 坚持学习
365 举一反三
366 知海知鱼方能捕鱼
367 方向更重要
368 读 书
369 全 才
369 听老人言

第二十四章
高人

371 什么是智者？
372 高人一筹
372 层级高的人
373 智慧之人每日自省
374 转化势能
374 伟大的人都不是短见的人
375 凡人与高人的差别
375 精 英
376 骨 气
376 真正的实力
377 能 人
377 水平高的人
378 对 错
378 谦 卑
379 才、成大与小
379 大智者必谦和

第二十五章
领导魅力

- 381 刚柔并济
- 382 一个被人愿意追随的领导者
- 382 塑造权威
- 383 领袖要维护多数人的利益
- 383 有自己的思路
- 384 捕捉有利点
- 384 创新就是提高效率
- 385 有效管理
- 385 组织中的存在感

下篇 通悟

第二十六章
国与家

- 388 家国天下
- 389 事业与家庭
- 390 人要有所牵挂
- 390 不要忘记回家的路
- 391 没有任何家庭是完美的
- 392 在家只讲情
- 392 当家人
- 393 人要胸怀大义

第二十七章
人生与生活

- 395 人生 生活
- 396 不求答案
- 396 人生、岁月与生命

【态度人生】

- 397 躺 平？
- 398 人生在不断成长
- 399 多看几步
- 399 格 局
- 400 人生在于向前
- 400 人生的每个阶段都不可逾越
- 401 二十岁应该干什么
- 402 三十岁应该干什么
- 403 四十岁应该干什么
- 404 五十岁应该干什么
- 405 六十岁应该干什么
- 406 有价值的人生
- 406 人生的样子取决于此刻
- 407 做自己命运的主宰
- 407 目光所及即人生
- 408 给人生留点余地
- 409 简与淡是人生的底色
- 410 美妙人生
- 410 希望是生命的原动力
- 411 人生当有追求
- 411 读书与人生
- 412 真实的一生
- 413 生命的意义
- 413 人生百般滋味
- 414 人活一世
- 414 掌握人生节奏
- 415 飞翔人生
- 415 人生当如寒梅
- 416 人生与经历
- 416 人生辩证法
- 417 掌握人生的平衡
- 417 平淡人生
- 418 百味人生
- 419 人生四季
- 420 人生七笑
- 420 人生路宽
- 420 人生箴言
- 421 人生不都是舒适
- 421 人生各有路
- 422 从容面对人生

422　让自己的选择变得正确
423　适当圆滑
423　合　适
424　眼光要远
424　走好每一步
425　做人八颗心

【可爱的生活】
426　爱生活
427　顺其自然
428　生活律动
428　生活本就不完美
429　注重生活的过程
429　经营生活
430　生活继续
430　体悟生活
431　没有白走的路
431　活出自己的幸福

第二十八章
生命与自然

【生命】
433　选对舞台
434　生命应当轻装上阵
434　超越局限
435　活明白
435　活得潇洒
436　生命潇洒

【自然】
437　遵守自然规律
438　自知之明
439　历史就是重复

第二十九章
欲海

441　管控欲望
442　求
443　实现欲望的方法和手段

443　明确自己的需要
444　贪　欲
444　贪求不可多
445　学会做减法
445　取　舍
446　需要和欲望不是一个东西
446　占便宜

第三十章
满则溢

【知足】
448　来去都是福
449　水至清则无鱼
450　知道，知足
451　拿起干脆，放下自如

【留余地】
452　三分与七分
453　不计较
454　让他几分又何妨？
454　不轻易下结论
455　话到嘴边留三分
455　放眼未来，取舍有度
456　有缺憾才是恒久
456　给别人留余地
457　需求如同吃饭，满则溢
457　凡事留余地
458　一半争一半随
458　留点余地
459　留和让
459　轻装上阵
460　不强求完美
460　知理知趣知足
461　留余地
461　做人处事留余地

第三十一章
把握当下

463 时光不会倒流
464 过去的就过去吧
464 珍惜当下
465 就现在
465 当 下
466 安于途中
466 从今天开始创造未来
467 善于把握
468 关注此时此刻
468 记 忆
469 珍惜每个瞬间
469 珍惜此刻的遇见

第三十二章
钱财取之有道

471 钱财有两面
472 价值变现
472 钱财流动的价值
473 用"无"的心量对待金钱
473 得益于人的财富才是真财富
474 付 出

第三十三章
智慧

476 找准定位，打造核心竞争力
477 用智慧处事
477 大象无形、大音希声
478 智慧、慈悲
478 用眼睛看世界
479 大智大勇渡风浪
479 万物为我所用
480 智 者
481 宽、厚、缓
481 大道至简
482 放下自我
483 聪明人
483 抚 平

第三十四章
缘起看淡

485 富 贵
486 命运自有安排
487 修行的根本
487 万事皆空，把握当下
488 减少欲望
488 不把自己看得太重要
489 做一个简单的人
489 定 力
490 看轻自己
490 释 然
491 放 下
491 艰苦朴素
492 气
492 机 缘
493 不在乎
493 学会忘却
493 因 果
494 随 缘
494 随
495 享受寂寞
495 不被名利诱惑
496 不 争
496 不要抓太紧
497 时间自会证明
497 平淡的一生
498 何必太执着？
498 万事皆空
499 看淡得失，无谓成败
499 知 止

上篇 观己

第一章

德

态度人生 | 21 PAGE
德 | 德厚

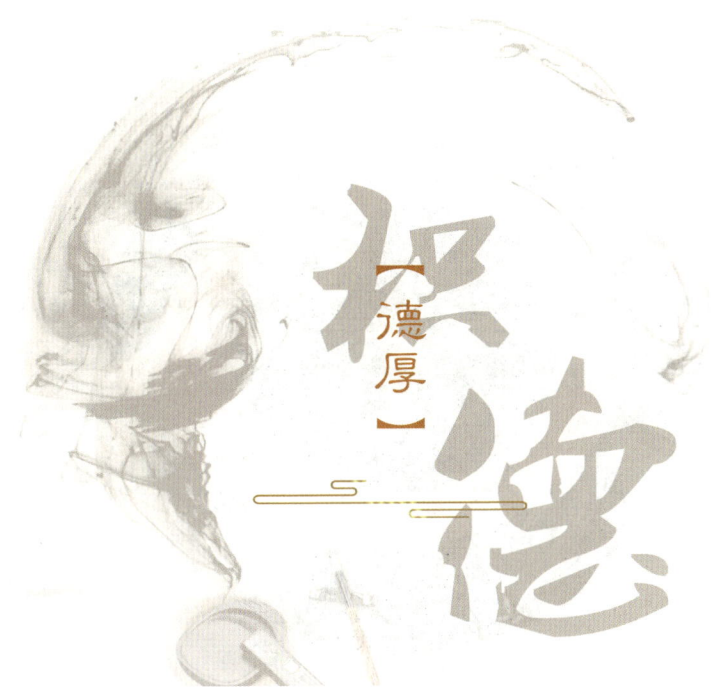

积德是人生最好的积累

　　积德是一种久远的积累,是一次次陶冶和洗礼,是一遍遍对自己的锤炼。只有积累到一定火候,人的处事风格才会成熟稳重,人格魅力才会恒久芬芳。这才是人生最好的积累!

■ PAGE 22 | 态度人生

德 | 德厚

德 悟

  今天看到了这样一段话，"道生于平和安静，德生于谦和大度，慈生于博爱真诚，善生于感恩包容，福生于快乐满足，喜生于健康成就"。的确，这话越思考越有理。人只有平和安静了，而且是真的静下来了，能够与自己的内心对话了，才能领悟到什么是道。浮躁的人永远不会悟道，也永远活不出真正的自我。德是什么？是人际关系的至高准则，它源于人的谦和与大度。人学不会放低姿态，就永远不会领悟人际交往之真谛；人如果没有宽广的胸怀，也永远不会广交于天下，一切的德都与你无缘。同样，没有博爱真诚就不会有慈，没有感恩包容就不会有善，没有快乐满足就不会有福，没有健康成就就不会有喜。这都是值得我们用一生去参悟和修炼的。

修术、修道、修德

今天看到网上一篇关于评论什么是企业家的文章，我想这个"家"字可真不是随便叫的。但凡是能称得上"家"的人，必须是"术""道""德"的统一。不管是什么"家"，有"术"是前提，有"术"才能有所成就，但是仅有"术"肯定不能称之为"家"，还需要有"道"、有"德"。"道"是精神，"德"是品德。不管是企业家，还是其他各行各业的什么"家"，都必须有一种精神，一种体现所从事的行业或者职业精髓的精神，一种值得受众推崇和研究的精神。品德既包括个人品德也包括社会公德，其中很重要的一点，我觉得不管是什么家，都应当有家国情怀和民族气节。

所以，要想成为一个"家"，除了要修术，还要修道、修德。即使成不了"家"，我们普通人也应当将之作为努力的方向和奋斗的目标。

木 轮

一个人的品德就像木头的纹路一样，是源自树木中心的，因此其成长与发育也需要时间和滋养，是无法伪造的。就像我们日复一日地写下自身的命运，无法更改。

德｜德厚

厚德载物之理

我觉得"厚德载物"是我们中国人最根本的一个信条，也是一条真理。如果一个人没有好的德行，那就承载不了现在所拥有的。所谓德行，古人也告诫我们有很多的准则。但是，凡事多为别人着想、任何情况都不加害于人应该是最基本的，一旦违背了，即使在某个时段有所成就，迟早也是要毁掉的。

恰到好处的道德品格

做人不能没有道德品格，但任何道德品格恰到好处才是至关重要的，否则有时候可能会成为绊脚石。

谦虚使人心缩小

  谦虚是我们中国人的美德。人要谦虚,但不能过分谦虚,在当今社会要把握好度。关键是要正确认识谦虚是什么,有时候谦虚会使人的心缩小,虽然小,但变得结实了,结实了才有力量。

持 重

人的成熟不是看你的涵养有多深，而是你懂得什么是最重要的，什么是不重要的。

良心有三种

有人说世上有三种人：一种是良心被狗吃了的人；第二种是良心没被狗吃的人；第三种是良心连狗都不吃的人。我们是不是应当善于观察并区分开这三种人呢？我想这是必要的！

留心眼而不是心计

人可以很精明，但是一定要用在该用的地方。最好表现为智商，不要表现在心计！

第二章

善

做一个暖意融融的人

今天在网上看到一段话,是这样说的:"有的人,和他人相处时,总能让他人感受到春暖花开和生机勃勃;有的人,和朋友交往时,总能使朋友享受到清风明月和岁月静好。这样的人,心中总是阳光的,身体总是调柔的,精神总是清明的,反应总是敏捷的,照应总是周全的,处事总是善巧的。这样的人,一定是舍弃了冲突和对抗,一定是心怀着宽阔和圆融。一个暖意融融的人,世界就可以托付给他。"很有道理,我们每个人是不是都应该做一个暖意融融的人呢?

向善而后得

在有些事情上，我们选择了善良，并不代表我们软弱，而是因为善恶终有报；我们选择了宽容，并不代表我们怯懦，而是因为宽容他人就是宽容自己；我们选择了糊涂，并不是我们真糊涂，而是有些东西不争也会来，属于我们的终究是我们的。

善始者善终

善良是一种美德，始终心存善念的人一定是一个好运的人。我们常说要"善始善终"，善始善终应当始于心中长存善念。

善 | 善良

善有善报

积德虽无人见，行善自有天知。人为善，福虽未至，祸已远离；人为恶，祸虽未至，福已远离；行善之人，如春园之草，不见其长，日有所增；作恶之人，如磨刀之石，不见其损，日有所亏。福祸无门总在心，作恶之可怕，不在被人发现，而在于自己知道；行善之可嘉，不在别人夸赞，而在于自己安心。

由心而生才是真善

真正的善应该是由内而外的善，得先有善心，再去说善言，行善举。如果善言善行不是由心而生，只是做给别人看，那么，一遇到名利上的诱惑，我们很可能会把持不住，放任自己去作恶。

善缘结在时时处处

人生最可贵的事就是"结善缘",结善缘很简单,有时候一句赞美、一件善事、一个微笑、一点帮助,就能广结善缘。人生追求的无非就是幸福和快乐,通向幸福和快乐的道路,不是岁月累积,也非执着追求,而是珍惜遇到的每个人、每件物、每份缘;能为人着想,助人为乐,生活必然有所回馈。

善 | 善良

选择善良灵魂才会得到宁静

在善良的路上，你可能孤军奋战，可能越走越孤单。但它永远都值得我们选择。因为，你的灵魂会因为选择善良而得到宁静。

善与恶只在一念之间

一念之慈，是一切美好的开始；一念之恶，是一切悲剧的源头。善与恶只在一念之间。人生无时不在选择，一念之间的抉择，决定之后若干时日的悲喜，甚至是一生的繁华与苍凉。心存一善，胜过百日修行。百事以善为先，即在创造无限幸福。

善 恶

什么是善？什么是恶？自己活得好，也尽力让别人活得好，就是善。只考虑自己活得好，不考虑别人活得怎样，就是恶。

给别人带去快乐

人最快乐的事情,不是别人给你带来了快乐,而是你给别人带去了快乐!我们每个人都可以仔细想想,是不是这样的?有没有这样的体会?我想是的!

正直善良

人的一生不可能事事如愿,我们需要的,不是表面的应付和虚伪的承诺,而是正直善良。

相信美好，相信善良

　　人世间有不善良，但并不妨碍我们相信善良。人世间有不美好，但不妨碍我们相信美好。愿你我见过不善良却依旧相信善良，看透不美好仍相信美好。

善良要有原则和底线

　　善良是一个人的优秀品质。但是做人又不能过分善良，善良过了头，就是软弱。因为这个世界上欺软怕硬的人实在太多了。所以，一定要有自己的原则和底线，只有当善良遇见善良，才是人间最美好的邂逅。

好人品是一个人的护身符

做人最重要的是人品。若想攒人品，就要踏踏实实地做人，诚诚恳恳地做事。这样，别人才会在一点一滴的相处中，感受到你的善良、正直、宽容、诚信。而好人品，一定不会白攒。到他日有需，它定会带给你惊喜。在这个拼人品的世界，好人品是一个人的护身符，不仅惠人，更能利己。

人品大于天

人活一世，人品大于天。人若违心，暗生惭愧；人若正直，问心无愧。人若亏心，面目全非；人若有爱，暖心暖肺。人若计较，处处生悲；人若糊涂，了无所谓。人若恶毒，众叛亲离；人若善良，价值不菲！

害人之心不可有

通过学习科学，我们知道了这个宇宙是有一个严谨的运算程序的宇宙，所以才有了各种守恒定律。因此我们是不是也可以推测，我们所给予出去的东西，最后都会以各种形式还回来。从这个道理上来讲，任何时候我们都应成人之美，但千万不能加害于人。今天的加害很可能就是明天的被害。

害人终害己

　　始害人者，以害己终。我觉得这句话在什么时候都是真理，都不能去挑战。生活中，我们肯定会遇到于己不利者，也会看到所谓"不顺眼"的人，如何对待和处理呢？古话说"害人之心不可有，防人之心不可无"，我们只需做到这一点就好了。永远不要想着去害人，害人的最终结果就是自己被害。

做一个行善者

　　所有你平日积累的善意，都会成为未来你无助之时的后盾。这就是天道！

上善若水

最高境界的善行就像水一样，泽被万物而不争名利，处于众人所不注意的地方，是最接近"道"的。在道家学说里，水为至善至柔。水性绵绵密密，微则无声，巨则汹涌，与人无争却又容纳万物。人生之道，莫过于此。

给子孙剩一分善心

不管是小人物还是大人物，要成功，都得看远一点，度量大一点，脑子多想一点，然后怀六分谨慎，三分炎凉，还得给自己给子孙剩一分善心。

和善的心

　　口是伤人斧，言是割舌刀，出言有尺，戏谑有度。知人不必言尽，留些口德；责人不必苛尽，留些肚量。一个人的宽容，来自一颗善待他人的心；一个人的涵养，来自一颗尊重他人的心；一个人的修为，来自一颗和善的心。

第三章

诚信

诚信

做人诚信

都说"人性之美莫过于诚,人性之贵莫过于信",在当今社会中,"诚信"确实是难能可贵的。诚信是做人之基础,这是我们中华民族几千年来做人的基本信条,但是在今天,"诚信"却是极为稀缺的。也正因如此,人们相互之间没有了信任,相互猜忌,甚至相互迫害,实在是可悲啊!

守信用的人，自得人心

我们常说"人无信而不立，业无信而不兴"。的确如此，诚信是一种美德，更是一种道义。只有守信用的人，才能站得住脚。失信的人，一次尚可，两次就会使自己身处困境，因为没人再愿意帮他；守信的人即使一时穷困潦倒，也不必担心，因为人人都会帮他。

人如果不慎失足，仍可以恢复站立；一旦失信，你也许永难挽回。

永远不要欺骗别人

信任这个东西其实是很脆弱的，有时候就像一张纸，如果不小心弄皱了，即使抚平，也恢复不了原样了！所以永远不要去欺骗别人，因为你能骗到的人，都是相信你的人。

诚信

心 诚

　　信任是人与人交往的基础,诚信才会获得别人的信任。如果疑心太重或缺乏诚意,大家彼此戒备,就不可能很好地交往。

　　所以,有诚心也就拥有了朋友,就可以诉说心中的不快,排遣不良情绪,缓解生活压力。

第四章

忠诚

忠诚

忠诚是一个人基本的品质

在人与人交往的诸多品质中,我觉得忠诚是最为重要的。当然,这里的忠诚不是简单的愚忠,是敬事敬人,是一个人对事对人的基本态度。在企业里,只有忠诚的人才会有成功的机会,倒不是说忠诚的人老实,是因为忠诚的人企业才会去培养,有了培养的机会,也就有了成功的机会。

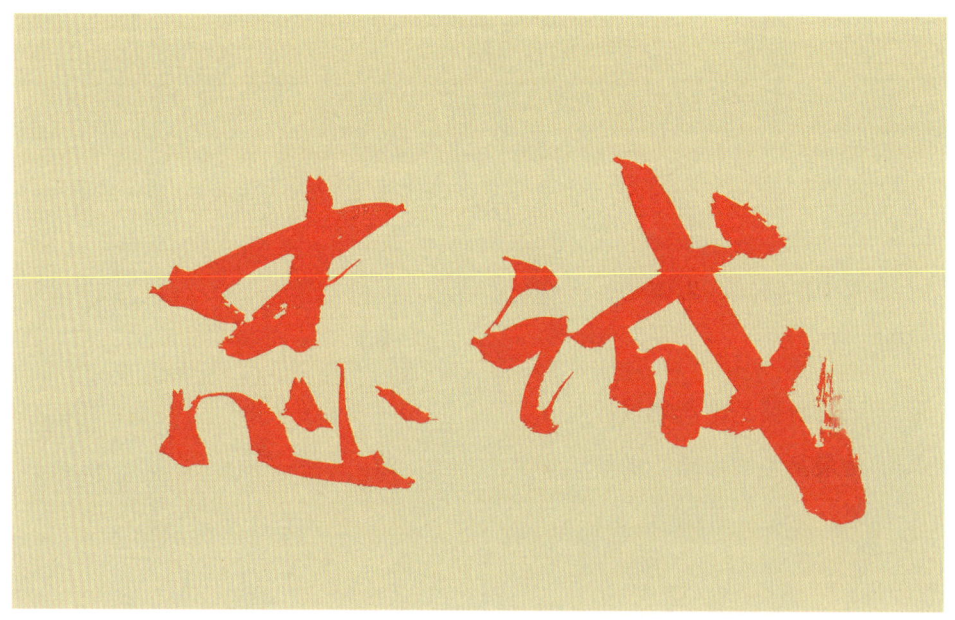

一个完整的"人"

谈到忠诚，无非就是三个层面，对人、对工作、对国家（民族）。对人忠诚，家庭才会美满和睦，朋友才会相互扶持；对工作忠诚，才会有全心全意的付出，不计劳苦，甘愿奉献；对国家（民族）忠诚，才能保证自己永不背叛祖国，荣辱与共。这三者之中，我觉得家庭是心灵的栖所，工作是自己价值的体现，国家是安身立命之所在。缺少任何一方面的忠诚，都不能称为一个完整的"人"。

忠诚不是愚忠

纵观中国历史，忠诚是为人的重要品质，但是我以为忠诚不是愚忠，服从也不是盲从。

忠诚的前提是你所忠诚的对象值得。就像一名企业的员工，对自己的职业忠诚，是最基本的忠诚，做好工作，才是最好的"效忠"。仅仅忠诚于某个人那是愚忠，也是靠不住的。

忠诚

忠诚事业，成就事业

忠诚的目的在成功，而成功又会激发新的前进动力。忠诚于事业要敢于吃苦，勇于吃力，甘于吃亏。智慧加勤奋，是成功的基础。忠诚事业必得回报。

第五章

感恩

感恩 | 怀恩

福往者福来

　　感恩,是做人做事的一种态度和内心境界。懂得感恩、包容、真诚善良与人,自会福往者福来,再加倍努力,自会实现人生梦想,实现人生价值。

一切都值得感恩

仔细观察自己的生活,看看你已经获得的,以及每天都在不断获得的,你将惊叹,值得感恩的人与事竟如此之多。

感恩｜怀恩

要为得到而感恩

以平常之心，接受已发生的事。以宽阔之心，包容对不起我们的人。以不变之心，坚持正确的理念。以喜悦之心，帮助需帮助的人。以放下之心，面对难舍的事。以美好之心，欣赏周遭的事物。以真诚之心，对待每一个人。以愉悦之心，分享他人的快乐。以无私之心，传承成功之经验。以感恩之心，感激拥有的一切。不要为失去而烦恼，要为得到而感恩；懂得感恩的人才懂得珍惜，懂得珍惜的人才懂得拥有。

感恩生命的恩赐

生命的恩赐往往是奇妙的。它不仅包括肉眼能够看到的事物,还包括肉眼看不到,必须靠心才能感受到的种种事物。当我们要感恩生命的恩赐时,除了视线可及的世俗浅见,更需要超越流俗的智慧和信念,用心灵去体悟、去答谢上天给予的美好和希望。

这样的生命才会精彩,才会更加有意义。

知足感恩

"一山更比一山高",人之所以有烦恼,原因就在于"不知足",要怎样往上爬?要怎样才能出人头地?当你想到这些的时候,你的烦恼就产生了。面对一份工作,如果你能用另一个想法"这份工作确实得来不易,社会上种种的因缘与助力,才让我得到这个工作",你自然就会珍惜与尊重这份工作,而且对社会与人群会存着一种"感恩"的心态,用这种心态对待工作与工作的伙伴,随时都会感到愉快与满足。

感恩的人

人生,要懂得感恩。感恩,不必是感谢大恩大德,而是一种生活态度,是一种人性美。感恩一切好的,给咱们带来了愉悦;感恩一切不好的,增强了咱们追求愉悦的潜质。有感恩的心,才会有好的心态,才能发现更多的美好。

态度人生 | 55 PAGE
感恩 | 人恩

没有什么是理所当然的

"做人要懂得感恩"是常挂在嘴边的一句话。人活一世,短短几十载,活一世就要有一世的修行。因此,做人一定要懂得感恩,没有什么是理所当然的,也没有什么人就是理应为我们付出的,即便是我们的父母、妻儿,抑或是其他亲人、朋友。

小恩养贵人、大恩养仇人

中国有句古话叫"斗米养恩，石米养仇"，换成现在的话说就是"小恩养贵人，大恩养仇人"。这句话确实是有道理的。

与人相处，保持一颗慈悲之心，是无可厚非的事情，但是这颗慈悲之心也要有个限度，一味地付出只会助长他人的贪欲，很容易养出恩将仇报的白眼狼。

在别人遇到危难的时候，帮他一把，这种恩情会让人铭记于心。如果你长期帮助一个人，这个人起初还会心存感激，但时间一长就会认为这是理所当然的事情；如果你一次不帮，在他心目中，仿佛就变成了你的不对，之后就会心生怨恨，到处说你坏话，最后两人反目成仇。

需要感激的人

感激伤害你的人，因为他磨练了你的心志；感激欺骗你的人，因为他增进了你的见识；感激鞭打你的人，因为他消除了你的业障；感激遗弃你的人，因为他教导了你学会自立；感激绊倒你的人，因为他强化了你的能力；感激斥责你的人，因为他助长了你的定慧。感谢所有使你坚定信念的人，只有生活在感恩的世界里，生活才会更精彩。

感激照亮我们人生道路的人

人生的一盏明灯熄灭时，总会有人为我们点亮另一盏，对于照亮我们人生道路的人，我们应心怀感激。

铭记恩人

都说做人要讲良心，我觉得其中非常重要的一条就是千万不能忘记帮助过自己的人。否则，朋友一定是越来越少，人生道路越走越窄。

第六章

宽忍

包容是人生最大的修养

  人生最大的修养是包容。它既不是懦弱也不是忍让,而是察人之难,补人之短,扬人之长,谅人之过,而不会嫉人之才,鄙人之能,讽人之缺,责人之误。包容是肯定自己也承认他人,是一种善待生活、善待别人的境界。在包容的背后,蕴含的是爱心和坚强,是挺直的脊梁,是博大的胸怀。

修一颗宽容的心

如果说人生是一场修行,那么真正的修行不是追求完美,而是坦然地接受残缺,是用智慧看透世间黑白,并用一颗善良的心成就一切美好,用一颗宽容的心,坦然地接纳无法改变的不好。修行,就是宽容。容得下别人的中伤,忍得住困苦的折磨,放得下挽留不了的遗憾。

宽 容

有时候想想"宽容"是多么的重要。一个人拥有宽容的气度与品质,周围就会有追随者,就有人愿意为你付出;一个社会有了宽容的氛围,就有人愿意为这个社会做贡献。反之,与人不利的,与社会有害的东西就都出来了。

宽恕别人

宽恕别人，解开的是自己心中的死结。这个死结一旦解开，世界都大了。

包容别人就是善待自己

包容是一种美德，也是一种善待，善待别人的同时，也在善待自己。

看轻世事

人生的高度，不在于你看清了多少事，而在于你看轻了多少事。心灵的宽度，不在于你认识了多少人，而在于你包容了多少人。

自 勉

  静坐常思己过,闲谈莫论人非;能受苦乃为志士,肯吃亏不是痴人;敬君子方显有德,怕小人不算无能;退一步海阔天空,让三分心平气和;欲进步需思退步,若着手先虑放手;如得意不宜重往,凡做事应有余步;事临头三思为妙,怒上心忍让最高;切勿贪意外之财,知足者人心常乐。

态度人生 | 63 PAGE
宽忍｜忍耐

能忍才是幸福

　　人若能时时抱着结缘心，随时随地送上一句关怀的话语，尽己所能帮助他人脱离危难，宽容忍耐他人的失误过错，诚挚真心和他人交往，必能以善心改变周围的世界，为自己带来好运。要行人所不能行，忍人所不能忍，忍过时间的漫长，忍过世事的变迁，忍过别人的侮辱，忍过修行的艰辛。能忍才是幸福！

忍让者

犯错是平凡的,原谅才能超凡。嫉妒别人,仇视异己,就等于把生命交给别人。能忍之人,事事称心;善瞋之人,时时地狱。恨别人,痛苦的却是自己。

要有容人的气度

心胸狭窄的人极度敏感,不经意的一句话,就能把他伤得体无完肤,跟他相处就像守着一颗"定时炸弹",时时提心吊胆,不知何时就会突然爆炸;心胸宽阔的人豁达大度,不会整天患得患失、怨天尤人,还会给周围带来平和安乐,让人不由自主想与之亲近。所以,容人的气度非常重要,凡事不必太过计较。

不计较

人心是相互的,你让别人一步,别人才会敬你一尺。人心如路,越计较,越狭窄;越宽容,越宽阔。不与君子计较,他会加倍偿还;不与小人计较,他会拿你无招。

无须计较

有些事无需计较,时间会证明一切;有些人无需去看,道不同不相为谋。世间事,世人度;人间理,人自悟。面对伤害,微微一笑是一种豁达;面对辱骂,不去理会是一种超凡。忍耐不是懦弱,而是宽容;退让不是无能,而是大度。"计较"生是非,"无视"己清静。

PAGE 66　态度人生
宽忍｜忍耐

不过分忍让

一次次的忍让与迁就，就是别人继续伤害你的理由，该出手时就要出手，笑脸给多了，惯的全是毛病。

不过分计较

活得糊涂的人，容易幸福；活得清醒的人，容易烦恼。所以，有些事不过分计较才是聪明的选择。

第七章

心胸

心胸

胸 怀

　　胸怀不仅关系到我们的人生境界,也关系到我们的身体健康。一个胸怀宽广的人可以成就大事;一个胸怀宽广的人也会健康一生。

心放宽才能开心一路

记得刚开始读书的时候,语文老师就让我们背诵一句话:"世界上最宽阔的是海洋,比海洋还宽阔的是天空,比天空还宽阔的是人的心量。"后来逐渐领悟到这话的真谛,做人的心量有多大,人生的成就就有多大。我们不能只为了瞬间的喜悦而不顾一切,不能只为了一己之利去争、去斗、去夺,只有把心放宽了,自己才能一路开心!

心量大小决定人生苦乐

　　心量大小决定了人生苦乐。心量越大，烦恼越轻；心量越小，烦恼越重。心量小的人，容不得，受不得，装不下大格局。心量是一个可开合的容器，当我们只顾自己的私欲，它就会愈缩愈小；当我们能为别人考虑，它又会渐渐舒展开来。一念之差，心的格局便不一样。

委屈一笑置之

　　人生在世，注定要受许多委屈。而一个人越是成功，他所遭受的委屈也越多。要使自己的生命获得价值，就不能太在乎委屈，不能让它们扰乱的心灵、扰乱你的生活。要学会一笑置之，要学会超然待之，要学会转化势能。智者懂得隐忍，原谅周围的那些人，在宽容中壮大自己。

肚 量

拥有一副好肚量，则能包容生活中的喜怒哀乐，化解人世间的恩恩怨怨，明辨周围的是是非非，以一个平常心面对周围的人和事。每个人都希望自己是一个有修养的人。何为好修养呢？即好肚量与善宽容。所谓"严于律己，宽以待人"，我们待人宽厚，学会包容，不管别人待你好与不好，都能谅解，这才是人生最好的修养。海纳百川，有容乃大；人有肚量，谋事易成。

八颗心

我们要有八颗心。爱心，凡事包容、诸事忍让；虚心，谦虚为人，低调做人；清心，寻找心灵的平静；诚心，将心比心，广结善缘；信心，积极的心态；专心，使人生更有效率；耐心，机会总在等待中出现；宽心，学会选择，懂得放弃。

第八章

自律

自觉而稳定的自律

常常听到有人说，一个没有出息的人最大的特征就是间歇性自律，持续性懒散。于是好多人就以此为戒，凡事都自律起来，弄得很多时候都与别人格格不入。其实真正的自律并不是时时刻刻都把自己捆绑起来，与世隔绝，而是自觉而稳定，该奋斗时，就专注沉浸其中；该放松时，就放松好好休整。

自律

做一个自律者

有大成就的人，未必都天赋过人，但在生活上必然是自律的。他们不会把时间浪费在享乐上，而是踏实专注地做事，时时觉察自心，不让自己被各种妄念牵着走。制定规矩并非为了束缚，而是设立一个觉察自心的参照物。

自我控制

人就是欲望太多，才会生生世世在六道中轮回。

我们如果能在每一刹那关照自我、控制自我，长养智慧与安详。没有忧虑、没有恐惧、没有攀缘，离开一切执着，则能拥有统一和谐的心灵，幸福也就掌握在你的手中了。

第九章

责任

心中要装着别人

　　乘坐交通工具买票时,售票员总会问一句要不要保险,我从来没有犹豫过。这无关钱多钱少,而是取决于你拥有一颗什么心。买保险绝不是给自己买的,假如真的出事,多少保险也无济于事。而是给家人买的,至少留下了一份责任。

　　一个心中永远装着别人的人,才是一个真正的人。

肯担苦难，方为成熟

苦难一个人担，荣耀大家共享。这是一个成熟的人应有的品质。

人为众人大气局

只为自己着想不会大，能替别人着想不会小；只为自己做事不会宽，能替别人做事不会狭；只为自己做人不会诚，能替别人做人不会伪；只为自己做学不会厚，能替别人做学不会薄。为自己，小天地；为众人，大气局。

担 当

人生，不仅是为了享受，更是为了担当；享受只为自己活得好，担当却是为大家活得好。为自己活得好只能是一时的，为大家活得好是一世的，而且还有可能是永世的。

境界大小

衡量一个人境界的大小，其中一个很重要的标准，就是看他心中装着的是只有自己，还是不仅有自己，还有他人。只有心中始终装着他人，视野才能越加宽广，人生也才能突破局限。

人都要承担责任

　　责任，是一种使命。每个人来到这个世上，都需要承担责任，不承担责任的人生是空虚的。有了责任感，就会懂得"利他"；有了使命感，就会勇于担当。不敢承担责任的人是脆弱的，不肯负责任的人，再如何虚张声势，也只是弱者；敢于承担责任、肯负责的人，才能获得别人的尊敬和信任。

责任｜为己

增强担责的力量

　　一个人迈向成熟的第一步，应该是敢于承担责任。人活于世，就要面对生命中的许多责任。那些不成熟的人永远都可以找到一些理由，以摆脱他们自身应担的责任。

不贪求清闲

人千万不要因为贪求清闲,而希求减轻自己的责任;反而应当增强自己的力量,承担更大的责任。

第十章

辨思

深度思考

  多少人懂得很多道理，仍然过不好这一生。不加以思索很难懂得深层含义。纸上得来终觉浅，绝知此事要躬行。一个想要提升自己精神高度的人，需要一次次碰壁，一次次清醒。找到所知事物与其的内在联系，也就意味着掌握了该知识，明白了该道理。学和行本来是有机联系的，学了必须想，想通了就要行，要在行的当中才能看出自己是否真正学到了。否则读书虽多，只是成为一座死书库。

辨思

多思少言是大智慧

　　智慧由听而得，悔恨由说而生；没有口才又不守沉默的人，会有大不幸。记住，苍蝇飞不进闭着的嘴里。多思考，少发言。不要过于依赖语言的功能，却忘了沉默的力量。说话出自天性，沉默出自智慧。

善谋者善断

生活中，我们会发现，同样处理一件事情，有的人会处理得颇有章法，相对比较圆满；有的人则会丈二和尚摸不着头脑，东一榔头、西一棒槌，效果自然不必多说。为什么会出现不同的结果呢？如果仔细观察，就会发现第一种人往往善于思考，遇事先想清楚了再去行动，自然会有取胜的把握。

有的人会说，事出紧急，如果再思考一段时间，不是黄花菜就凉了？如果思考与不思考都是一种坏结果，为什么不留一点时间，给自己一个思考的机会，先谋一步呢？

《小窗幽记·集醒篇》说："处事贵熟思缓处。熟思则得其情，缓处则得其当。"意思是说，处理任何事情都要深思熟虑，稳步去做，只有认真思考才能了解情况，只有稳步处理才能妥善，得到满意的结果。

古语说："不谋万世者，不足谋一时；不谋全局者，不足谋一域。"意思就是不管做什么事情，都要从大局的角度去考虑，去布局。只有充分了解大局，把握大局，顾全大局，才能高瞻远瞩，统揽全局，拓展观察问题的高度和深度，形成正确的思路，争取处理事情的主动权，最大限度达到想要的效果。

人生就是这样，漫无目的地奔跑，只会迷失自己。不能走一步算一步，每天只顾埋头赶路，却不抬头看方向，时间久了方向易偏不说，还会逐渐失去拼搏的动力。

思想是人生的起点，决定人生的高度和走向。不管做什么事情，哪怕再紧急的事情，都要给自己留下一点思考的时间，用智慧主导人生，让盲目远离自己。

辨思

每日当自省

中国的古人常说:"人非圣贤,孰能无过。"每天懂得反省、检讨、改过的人,就是一个有智慧的人。

四点感悟

事在人为是一种积极的人生态度,顺其自然是一种达观的生存之道,水到渠成是一种高超的入世智慧,淡泊宁静是一种超脱的生活态度。谨记这四点并且做到,离真正的成功就不远了。

转 念

有句俗话说:"君子与小人,只有一念之差。"有时候想想的确是这样的,很多事其实就在转念之间,所以我们自然而然地会想人是如何转念的呢?实际上,每个转念都依赖对生活经历的感悟和积累,以及对生命价值的自省。所以,要想每次都能转好念、转对念,必须有对生活的积累以及对生命的不断思考。

思 考

聪明的人听一次,会想十次;愚蠢的人听别人说了十次,他自己的事情还没想完。

独立思考

试想人这一生,除了自己,谁还能为我们负责呢。所以,要相信自己能做好决定,养成自己思考的习惯,不要随意附和别人,该果断时就要果断。

精神有依托

人是有精神的动物，人的精神必须有所依托，这样才能充实而快乐。精神的空虚是可怕的，它消磨的是生命。所以，我们要竭尽全力给自己的精神找一个家，精神有家，人才能自由，才能放开手脚干自己应该干的事情。

一种智慧

时时观察自己的过失，则能时时进步。以智慧庄严我们的心，时常反省自己的行为，可以避免犯错。慈悲是宽恕包容，而不是姑息纵容。慈悲需要智慧的抉择，才能予乐拔苦。智慧是心灵的升华，有智慧，人生才有光明。

第十一章

幸
福

什么是幸福？

  每个人都在追求幸福，但多少人真正了解幸福？我们的本性原就已具足安详之道，安祥就是真正的幸福。要了解幸福，内心就一定要有智慧。修禅的人，修到最后就是开悟，了悟自己清净的本性。开悟的人就能得到永远的幸福、快乐。

幸福要靠自己

不要和别人比，每个人追求不同，各有各的活法和看法，生活就是开心了就笑，累了就休息，过日子就图个安稳和踏实！靠自己努力，生活才会幸福。

没有唾手可得的幸福

人生的幸福，一半要争，一半要随。争，不是与他人争，而是与困苦争。没有唾手可得的幸福，发愤图强，主动争取才能一步步接近幸福。随，不是随波逐流，而是知止而后安。受到能力与条件的限制，很多事只能随遇而安，随缘而止。争，人生少遗憾；随，知足者常乐。

幸福来自奋斗

就拿路程来打比方，在人生中，成功的路上，不曾有快车道。而通往幸福的路，也没有高速公路。一切成功，完全来自不懈的努力和奋力奔跑；一切幸福，完全来自顽强的奋斗以及坚持不懈。

幸福如人饮水

看起来幸福的人，心里也有难言的苦；时常微笑的人，心里也有无声的泪；炫耀生活的人，可能远没表面那么风光。一个人的幸福，只有自己懂得。所以，不要跟自己过不去，不要纠结于别人的评说，照自己舒服的感觉生活。幸福如人饮水，冷暖自知，你的幸福，不在别人眼里，而在自己心里。

不去比较

人总喜欢跟别人比较,看看有谁比自己好,又有谁比不上自己。其实这于自己又有何益呢?得意也好,失意也罢,你还是你。比我们好的人也有辛酸,比我们差的人也有欢乐。

【 福聚 】

幸福其实很简单

　　走到生命的哪一个阶段,都该喜欢那一段时光。幸福,从没捷径,只有经营,只靠真心。幸福,其实很简单,平静地呼吸,微笑着生活;有人爱,有事做,有所期待;不慌乱,不迷茫,无悔人生。

心安理得是一种大幸福

俗话说："为人不做亏心事，不怕半夜鬼敲门。"这就叫心安理得。俗话说："君子坦荡荡，小人长戚戚。"刚从对这件东西的追求中解脱出来，又跌入到对那件事的营求中，没有一刻可以安宁。现实中，凡做了亏心事，干了缺德勾当，强取豪夺、贪得无厌者，哪一个不是整天提心吊胆，吃不香饭，睡不了安稳觉。

你说，这样的人，即使有权有势，有钱有财，表面上看很风光、很气派，内心里能感到幸福吗？

幸福不是别人的感觉，而是自己的内心体验。幸福不在钱多少、官有多大，也不在住的房子有多大、开的车子有多好。其实，幸福并不遥远，它就在我们每个人的身边，在我们平常生活的点滴中。

平安是福

如果你能够平平安安地度过一天,那就是一种福气了。多少人在今天已经遇到磨难,多少人在今天已经失去自由,多少人在今天已经无家可归。

放下也是一种幸福

拾起是幸,放下是福。人生在世有些事情是不必在乎的,有些东西是必须清空的。该放下时就放下,你才能够腾出手来,抓住真正属于你的快乐和幸福。

边走边忘

有喜有悲才是人生，有苦有甜才是生活。无论是繁华还是苍凉，看过的风景就不要太留恋，毕竟生活还要前行。再大的伤痛，睡一觉就把它忘了。背着昨天追赶明天，会太累。边走边忘，才能感受到每一个迎面而来的幸福。

自己的幸福

一个人的幸福，只有自己懂得。

幸福｜福聚

创造幸福

真正的幸福，不是周围的环境给予的，而是靠自己去创造的。

平凡的幸福

有人对幸福熟视无睹，有人对幸福习以为常，有人对幸福梦寐以求，有人对幸福求之不得，幸福是每个人的追求。但，只要别把幸福的期望值提到高不可及，只要别把自己的幸福建立在别人的痛苦之上，以一种平凡的心态求之，你会发现，幸福，其实就在俯仰之间，其实就在你我身边。

第十二章

理想与信念

理想与信念

朝着理想的方向前进

　　生活不会向你许诺什么，尤其不会向你许诺成功。它只会给你挣扎、痛苦和煎熬。所以要给自己一个理想，之后朝着那个方向前进。如果没有理想，生命也就毫无意义。

追求梦想的过程

　　梦想不是等来的，机会总是留给有准备的人，实现梦想的过程是曲折复杂的，但前途却是光明的，追求梦想的过程是一个螺旋式的上升过程。追梦的路上或有伤痛，或有泪水，但只要不焦躁、不好高骛远，以平常心处之，就连累也是无比甘甜的。

理想与信念

坚持正确的方向才会胜利

坚持就是胜利,这似乎已经成了亘古不变的至理名言。但前提是坚持的方向是正确的,所走的道路是适合自己的。否则,不但不会胜利,反而离目标越来越远。

有信念无困境

人生从来没有真正的绝境。无论遭受多少艰辛,无论经历多少苦难,只要一个人的心中还怀着一粒信念的种子,那么总有一天,他能走出困境,让生命重新开花结果。

水的梦想

每条河流都有一个梦想:奔向大海。长江、黄河都奔向了大海,方式不一样。长江劈山开路,黄河迂回曲折,轨迹不一样,但都奔涌向前。水如果静止,就永远见不到大海了。

态度人生　103 PAGE
理想与信念

捍卫自己的理想

拥有理想的人是值得尊敬的，也让人羡慕。当大多数人碌碌而为，为现实奔忙的时候，坚持下去，不用害怕与众不同，你的人生，是该你亲自去撰写的。如果你有理想，就要去捍卫。

把握自己

掌控住自己的格局，就掌控住了人生的框架。只有把握住自己，才能把握住结局。喜欢追梦的人，切记不要被理想主宰；善于谋划的人，切记空想达不到目标；拥有实干精神的人，切记选对方向更重要。

理想与信念

路和梦想就在脚下

走的路越远,心就会越宽;遇见的人越多,就会发现世界就越大;书读得越多,越懂得包容。人要学会谦逊和奋斗,才能在旅途中看见更美的风景。保持健康快乐的心态,不要在意一城一池的得失。坚定且执着,路和梦想就在脚下。

心中要永远有一座明亮的灯塔

　　船在大海上航行需要灯塔的指示。人生的道路上又何尝不需要灯塔呢？即使眼里看不见，心中也一定要有。否则，你一定会迷路，或者在风浪来袭时找不到前行的方向。

第十三章

坚持与相信

态度人生 | 坚持与相信 | 信念

坚信自己的坚信

  很多道理不是因为它是真理你才相信，而是因为你坚信了才会变成真理。自己的观点和立场一遭受质疑就动摇的人，永远都不可能掌握真理，永远都不会有大的成功。

相信你自己

面对困难,最怕对自己产生怀疑。能打败你的,只有你自己。相信自己,是相信自己有披荆斩棘的能力,有破釜沉舟的勇气;担得起失败的苛责,也举得起成功的奖杯。唯有相信自己,才能产生源源不断的动力,去工作去生活,同时也为身边的人带来满满的正能量,别人才有可能去相信你。

人活着不是靠泪水博得同情
而是靠汗水赢得掌声

当很累很累的时候,你应该告诉自己能坚持,不要轻易地否定自己。一时的输赢并不代表什么,重要的是把后面的路走好。当你强大时,才会遇到比你更强大的;当你变好时,你才配得起更好的。所以,不要轻易放弃,即使没人为你鼓掌,也要优雅地谢幕。人活着不是靠泪水博得同情,而是靠汗水赢得掌声!

相信自己

对自己没有正确的认识，不相信自己有力量，就不可能赢得别人的信任与尊重。

坚持与固执的区别

我们都知道"坚持"是成事的基础，但是千万不要把"坚持"与"固执"画等号。固执是非理性的，而坚持则是经过理性的分析之后才做出的决断。所以，当你对某件事持有一定信念时，要注意区分。

区分执着与坚持

我们应当区分执着与坚持。

仔细想想它们是不一样的，执着是不分对错，自以为是；坚持则是清楚地知道哪些是该做的，哪些是不该做的。所以，我们要区分是执着还是坚持。

相信我"能"

人之所以能，是因为相信能。相信能，他就会始终寻找能的办法，朝着能的方向前进；一旦开始怀疑能，他就总会寻找不能的退路，担心不能的后果。

坚定的理想和信念

人生在世，健康固然十分重要，但如果活在世上没有坚定的理想和信念，没有奋斗目标，没有朋友之间深刻的情谊，那样的生活还剩下什么呢？如果单纯因为健康丧失了对这些的追求，生活的质量不也没有了吗？

人生就是过坎

人这一生，无论是谁，总会遇到大大小小的坎，或多或少要承担一些压力，只是有的人遇到事情，一咬牙，含着泪就扛过去了，有的人却被压垮了。

这世间从不缺让你的世界天翻地覆的事情，重要的是你能不能扛得住，能不能有持之以恒的决心和毅力。

现在年龄大一点儿的人总是担忧，我们年轻一辈，有很多优秀者，但是能持之以恒、扛得了事儿的人恐怕不多。这话说得也有些道理，相比老一辈的人，现在的年轻人的确缺乏了一些坚韧的品质，吃不了大苦，遭不了大罪。而这恰恰是一个人成功的重要品质。

多坚持一分钟

　　成功不是因为别人走你也走,而是在别人停下来的时候,你仍然在向前。放弃很容易,但只能一无所得;坚持很难,但终会有所收获。别轻易停下,多坚持一分钟就会多一点收获。

坚持不懈的意义

　　任何事情，坚持了就是神话，放弃了就是笑话，这个道理听起来很简单，但很多人却做不到。不停地选择，不停地放弃，回头却发现什么事都没做好。坚持，一定能遇到更好的自己。

沉 淀

  当你开始做一件事情,在你坚持了一个月的时候,别人可能会说这是一时兴起;在你坚持了三个月的时候,别人可能会说是不是真能坚持下去;在你坚持了半年、一年甚至更久的时候,别人会看到效果;当你成为专家的时候,他们才会开始对你刮目相看。沉淀才会有蜕变,过程很漫长很艰辛,但你觉得不值得吗?我觉得,值!

人生是场马拉松

千万别相信什么"人生别输在起跑线上"这样的话,只有百米短跑,才在乎起跑线。人生是一场马拉松,马拉松比赛中一开始就冲在前面的不一定是最后的冠军。但那些紧盯第一军团,适时超越的人最后都跑到了前列。

成功的背后

  成功的背后,全是千辛万苦的坚持,所有人前的风光,全是背后的不放弃;只要你不放弃,并为之坚持,终有一天,你会活成曾经你想要的样子。

厚积而破土

据说竹子从土中萌发 4 年才能长 3 厘米,但是从第 5 年开始,以每天 30 厘米的速度疯狂生长,而仅仅用 6 周的时间就能长到 15 米。其实,我们不知道在前面的 4 年里,竹子将根在土壤里延伸了数百平方米。做人做事又何尝又不是如此,不要担心你此时此刻的付出,因为这些付出都是为了扎根。可是我们有多少人,没熬过那 3 厘米就放弃了。

人的韧性

有时候想一想,人的脆弱和坚强和我们自己想象的还真不一样。有时一句话就可能让我们泪流满面,这是何等的脆弱?而有时我们却咬着牙渡过了一个个难关,这又是何等的坚强。

坚 持

人活一世,不论长短,贵在坚持。世上之事,并非因为完美才值得用一生去坚持,而是因为用一生去坚持才会变得完美。

第十四章

自我成长之力

自我成长之力 | 自力

内在的力量

一个能量强大的人，绝不仅仅是因为他拥有比别人多的财富，而是他拥有一种内在的力量，一种日积月累而形成的内化于心、外化于行的，能够直达他人心底的力量。

自力与借力

风筝飞得高，是因为风，而不是靠自己。这与雄鹰有所不同。所以，当一个人也飞得很高的时候，要问问自己是风筝还是雄鹰。

自我成长之力｜自力

内 心

有句话说："心被欲望充满，烦恼不堪；心被菩提充满，光明温暖。"其实我们每次的选择都是对内心、对灵魂的一次考验。一个人有什么样的内心，就会有什么样的灵魂。

从内打破，如获新生

我时常会感叹小小的鸡蛋蕴含着人生大道理，从外打破是食物，在一定条件下从内打破却孕育出了生命。我们的人生遭遇又何尝不是如此呢？外力给我们的是压力，内力带来的就是成长。所以，如果你选择让别人从外打破你，那么你注定会成为别人的食物；如果你选择自己从内打破，那么你就会得到新生。

勇于改变

一段路,走了很久,依然看不到希望,那就改变方向;一件事,想了很久,依然纠结于心,那就选择放下;一些人,交往了很久,却感觉不到真诚,那就选择离开;一种活法,坚持了很久,依然感觉不到快乐,那就选择改变。

被人理解不可强求

我们做事大都希望能得到别人的理解。而实际上,被人理解是幸运的,不被理解也未必不幸。如果我们把自己的价值完全寄托于他人的理解上,很可能我们做的事情并无价值。

强者自强

生活不会永远一帆风顺,偶尔的跌宕起伏才是日子的调料。于风浪中获得平静,在伤痛里获得重生,这才是我们要做到的。惊涛骇浪,来了就来了吧,抗拒与惊慌只会令你束手无策,相信自己,无论命运怎么安排,强者自强。

坚强的理由

一个软弱的人不可能找到坚强的理由,只能找到软弱的理由;而一个坚强的人不需要坚强的理由。

无悔自己的选择

人生没有一条路是白走的。每个不满意的现在，都有个不努力的曾经。一个人至少拥有一个梦想，有一个理由去坚强。因为充沛的精力加上顽强的决心，曾经创造出许多奇迹。要用坚强续写明天的谱，用执着走完未来的路。因为没有谁的路是一帆风顺的，只要是自己选的路，就不能后悔！

承 受

不要轻易暴露内心的脆弱，学会承受应该担当的一切；不要轻易诉说生活的狼狈，学会面对杂乱无序的现实；不要虚度每一天的光阴，因为那都是你余生的第一天。

自负则悲

自我膨胀就像吹起的气球，肯定是有限度的。如果不能很好地自控，毁灭就在一瞬间。

所有的疼痛都不会白疼

耐心点，坚强点，总有一天，你承受过的疼痛会帮助你。做一个决定，并不难，难的是付诸行动，并且坚持到底。当你跌到谷底时，那正表示，你只能往上，不能往下。

自强才是硬道理

人生的许多沟沟坎坎总是要自己去过。别人只帮得了你一时，帮不了你一世。自身的强大才是硬道理。

"水"的品质

老子的《道德经》里有句话叫"上善若水"。老子说水善于滋润万物而不与万物相争，停留在众人都不喜欢的地方，所以最接近于"道"。那么水到底有哪些品质，会让老子说最接近于道呢？

概括一下，第一，自己活动，并能推动别人的，是水。第二，经常探求自己方向的，是水。第三，遇到障碍物时，能发挥百倍力量的，是水。第四，以自身洗净他人的污浊，有容清纳浊的宽大度量的，是水。第五，汪洋大海，能蒸发为云，变成雨、雪，或化而为雾，又或凝结成一面如晶莹明镜的冰，不论其变化如何，仍不失其本性的，也是水。

成 熟

　　成熟是一种明亮而不刺眼的光辉，一种圆润而不腻耳的声响，一种不再需要对别人察言观色的从容，一种停止向周围申诉求告的大气，一种不理会喧闹的微笑，一种洗刷了偏激的淡然，一种无须声张的厚实，一种能够看得很远却并不陡峭的高度。

悟 道

　　人在迷惑的时候，往往会有许多心结打不开，这通常是我们自己在钻牛角尖，固执己见，听不进别人的忠言所致。

　　所以当我们遭遇不顺、陷入烦恼的时候，无论迷惑、愚痴或邪见，只要不执着，就有办法化解。所谓"穷则变，变则通"，能够不断寻求解决之道，就会有所觉悟，有了觉悟就会受用，这也就是我们常听到的那句话："迷中不执着，悟中有受用。"人生最怕的就是"执迷不悟"。

态度人生
自我成长之力｜自力

发现自己的缺点

如果你能像看别人缺点一样准确地发现自己的缺点，那么我们的生命将会不平凡。

去伪存真

人总要慢慢成熟，将这个浮华的世界看得更清楚，看穿伪装的真实，看清隐匿的虚假，便不再相信很多原本相信的事。

但是要坚信，这个世界的美好总要多过阴暗，欢乐总要多过苦难，还有很多事，值得你一如既往地相信。

领悟遗憾

生命怎么活都会有遗憾，关键在于你怎么去领悟。给这个遗憾的部分更崇高的向往，然后尊重、包容它，反而会把这个遗憾的部分变成一种生命力的圆满。

成熟的标志

看清一个人不一定非得要揭穿；讨厌一个人不一定非得要翻脸。人只要活着，总有看不惯的人，就如同也有人看不惯我们。人的成熟不是年龄，而是懂得了放弃，学会了圆融，知道了不争。

自我成长之力 | 自力

力出所及

做人还是首先要把自己能做的事情做好，至于那些可望而不可即的事，有时候放下才是明智之举。

不要回头

一个总是不停回头的人，是走不了远路的。

在自己的弱点上开刀

我们每个人都有弱点,很多时候阻碍我们成就大事的其实就是那些弱点。所以,凡成大事者总是善于从自己的弱点开刀,把自己变成一个能力超强的人。

不要原地踏步

有时候有些事需要我们漫长的等待,岂不知那正是要把最好的东西归还于我们。同样,只要我们一路前行,有些失去的东西终究要以某种形式回到我们身边。

认识自己的不足

我们或多或少都会受伤，也会伤及他人。不管我们多么努力，也都难免变得顽固，难免将自己的观点强加在他人身上。所以，只有诚实地面对这些不足，才有改过的机会。

自 信

一个人具有强烈的自信，可使自己受到激励而想出种种可行的方法以及技巧。同时，"相信自己会成功"也会使别人对你产生信任和好感。对自己没有正确的认识，不相信自己有力量，就更不可能赢得别人的信任与尊重。

态度人生　　135 PAGE
自我成长之力｜自力

认识自己

　　唯有正确地认识自己，提升自我形象，才有可能让沉睡的能量醒来，才有可能创造一份美好的生活。自信，使不可能成为可能，使可能成为现实。不自信却使本来可能的事变为不可能。

接受批评

　　无论是在家庭或是在工作场合中，我们常常都会听到抱怨。别人的批评指责不一定正确，也要发挥忍的精神，无论对方说对说错，都要谢谢对方。而且别人既然愿意批评指正，就表示对我们有所期待，如果他对我们不抱任何期望，就不会有这些评语了。因此，这些批评对我们而言，反而是一种鼓励和帮助。

敢于应战

每个在职场的人工作中都会遇到棘手的事,甚至是难对付的人,这时候可能就需要斗争。要敢于斗争,敢于应战。因为,这就是此消彼长的事,不去斗争你可能就"消"了,斗争就有可能"长"。

逼自己一把

经历的事情多了,渐渐发现人的成功都是被逼出来的。有时候逼自己一把将会突破自我,创造奇迹。所谓的聪明绝顶、左右逢源,大概没有几个人是天然做到的,都是被逼无奈硬着头皮上的。所以,千万不要对自己说"不可能",逼自己一把,潜力就出来了。

突破性格

我常常在思考，性格是怎样决定一个人的命运的，命运又是怎么改造一个人的性格的。一个人不管是什么性格，总是有利有弊，不能简单地说是性格好或者性格不好。关键是怎么去利用，怎么发挥自己的长处。当然，有时候如果你决定在某方面有所成就，可能需要让自己的性格有所突破。一旦突破了，可能就开辟了一片新的天地。

所以，我们千万不能被所谓的"本性难移"禁锢了自己。

变换与安定

在我们的人生当中，总是想改变一切和一切都不想改变，都是极其危险的。

接 纳

桥是连接，墙是隔绝。多搭一座桥，就能多一条路。多筑一堵墙，就会少一条路。隔绝者自绝于人，接纳者才能海纳百川。

当你迷惑时

人生的不幸不在于身陷困惑，而在于不知道已经身陷困惑。所以，当你迷惑时，并不可怜；而当你不觉得迷惑时，才是最可怜的。

沉 淀

人生是需要沉淀的。所以，要有足够的时间去反思，也要有足够的阅历去成长，这样才能让自己更完美，更睿智，更具有成熟淡然的魅力。

自我成长之力｜借力

先付出后得到

世界上很多东西不是你想得到就能得到的，而是要先付出而后得到你应该得到的。所以，强求的东西本不属于你，迟早有一天会失去，而且还有可能付出更大的代价。

要靠自己

人只有自己可以帮助自己。有时候表面上看是别人帮助了自己，实际上还是因为自己有值得别人提供帮助的地方。一个遭人烦的人，怎么可能会得到别人的帮助呢？

向水学习

要向水学习做人处事的智慧。水能洗净自己,还能洗刷其他污浊。水能够持之以恒地寻求自己前进的道路。水在自己运动的同时,还能推动其他物体一起运动。当水遇到障碍时,会变得更有气势,绕开障碍或是直接把它摧毁。

朝着自己想要的方向前进

努力和收获，都是自己的，与他人无关。最大的成就感，就是一直在朝着自己想要的方向前进。

不　够

你生气，是因为自己不够大度；你郁闷，是因为自己不够豁达；你焦虑，是因为自己不够从容；你悲伤，是因为自己不够坚强；你惆怅，是因为自己不够阳光；你嫉妒，是因为自己不够优秀。

智慧是从做事而来的

当下有不少人渐渐意识到，随着经济的发展、社会的进步，人们的物质生活变得丰富多彩了，然而人们的精神世界却异常空虚。于是乎很多人开始了自己所谓的修炼，把自己关起来或者念佛或者打禅，以为可以进入自己想要的境界。这种方式能不能达到目的？可能很多人不禁要打个问号。古人云"不经一事，不长一智"，大概就是告诫人们，智慧是从做事而来的。因此，要修炼自己，也必须通过做事来达到目的。

改 变

人生最困难的时候，也许正是转变的时候：改变固有的思想，人生就可能迎来转机。幸运，总是离努力的人更近一些。

实现自我

真正成功的人生，不在于成就的大小，而在于你是否努力地去实现自我，喊出自己的声音，走出属于自己的道路。

敢于给自己一片没有退路的悬崖

人的能力是后天努力的结果，因为没有人一生下来什么都会。只要努力，大概什么都能够学会。关键是要敢于向自己挑战。我们前进的最大障碍，不是对手和困难，而是我们自己。

所以，当我们的能力长时间得不到提升时，要敢于给自己一片没有退路的悬崖，迫使自己不断地向生命高地发起冲锋。

知进取

不管是在生活中还是在职场上，人都应当有进取之心。但是，当你跃跃欲试的时候，不妨先冷静下来，问一下自己，到底是为了不甘人后的虚荣，还是对平淡生活的反抗？或者是真的找到了一条更适合自己的康庄大道。

人生的最高境界不是撞大运抓上一把好牌，也不是没完没了地洗牌重来，而是遇到好牌要打好，遇到烂牌也要想办法打赢。

不随波逐流

我们生活在人世间，必须跟着社会的脉搏一起跳动，在思想上有所更新，在行为上与时俱进。然而我们也应该有所为有所不为，尤其在这个瞬息万变的时代里，我们是进是退、是行是止，更要依靠自己的智慧选择判断，才不会被潮流所吞噬淹没。

第十五章

珍爱自己 观照内心

打理好内心世界

我们每个人的内心世界都不会是空的。就像我们家里的院子,如果你去精心设计,你就会得到满园春色;但如果你不加以管理,一定是杂草丛生。

直面孤独

　　人真正的成功是当你学会了面对孤独之后获得的，或者说真正的成功者都是孤独者。就像山中的老虎，既已成王，就必须独来独往。无论如何，它都不可能与山羊、野兔打成一片。

不要让内心蒙尘

现如今这个社会，拥有内心的清净实在是太难了。我们每天都在被物欲所牵制着，寸步难行。实际上我们可以静下心来思考一下，我们这颗被物欲牵制的心，是不是太累了？没有任何的自在、轻松可言。

如果一个人能够真正依照自己的内心行事，不去考虑各种利益关系，是不是就可以轻松上阵，是不是就可以达到圆满。当然社会环境不是一个人能改变的，也没有哪一个人真正能做到清心寡欲，但是我们要追求的是不要让物欲蒙蔽了我们的心灵。或者说不管这个世界有多少灰尘，我们还是要经常擦一擦，不要让它蒙蔽了我们的心灵。

净化内心

一个慈悲而公正的人，即使他衣着简单，也不会减少别人对他的倾慕，因为内在的美、德行的美，是可以直抵人心的，这样的美就如空谷幽兰，自然高贵。所以，内心的净化才是最重要的。

我们的心决定世界的样子

世界就在那里，不增不减，不生不灭，我们看到的世界的样子，其实取决于我们的心。

在不同人的眼里，世界是不同的，在商人眼里，世界就是市场；在农民眼里，世界是良田。我们才是决定世界模样的人。

人来到这个世界上，想有一番成就，其实没错。可我们总发现，越想证明自己的人，越是不被这个世界认可，他们一方面责备这个世界没有眼光，另一方面却想尽一切办法投其所好。所以，世界大不大，不在于世界本身，我们用眼睛去看世界，看到的是山川河流、江河湖泊；我们用心去看世界，看到的是宇宙万物、银河尘埃。我们能做的就是在这个世界顺其自然地活着。世界对于我们来说太大，也太小，大到我们这一生都走不出一个城市，小到一闭上眼睛，世界就消失了。

所以，你的世界不该只在你的眼中，它应该在你的心里，心有多大，世界就有多大。

关注内心

　　这个世界怎么改变并不重要,重要的是我们内心的世界,不要陷入外境的迷思。我们常因外境心生分别,一句好话上天堂,一句批评就茶饭无味,辗转难眠。

安 静

　　人生最好的境界是安静。安静才可以看见自己。

珍爱自己 观照内心 | 心境

自 察

做人要做到：眼睛不要只看别人，要反观自己；嘴巴不要只说别人，要检讨自己。

沉淀自己

慢慢地，我们发现，人心越宁静，越能客观地认识世界。

从不良情绪中观察自己

我们每天都在经历情绪的变化，有时候还会给我们带来不好的影响。其实想一想，如果你生气，说明自己不够大度；如果你郁闷，说明自己不够豁达；如果你焦虑，说明自己不够从容；如果你悲伤，说明自己不够坚强；如果你惆怅，说明自己不够阳光；如果你嫉妒，说明自己不够优秀……

从这一点出发，我们是不是可以得出一个结论，每一次不良情绪的产生，都给了我们一个发现自己缺点的机会。

自我认同

我们每个人每天都在成长，但到底什么是成长可能会有很多答案。我觉得成长是一个不断放下"小我"来认同身份的过程。就像是层层剥洋葱，终会有那么一天，你不再认同任何的身份，剩下的那个，才是最真实的自己。

心要滋养

古人说："明古训可以惩心，寡酒色可以清心，祛私欲可以养心，悟至理可以明心。"这几句话很值得我们学习和领悟。虽然在今天这个纷繁复杂的社会当中，好多事情都由不得我们自己选择，但是无论如何，还是要坚守一份信念，让自己的"心"在明古训、寡酒色、祛私欲、悟至理中得到滋养。

有趣的灵魂

谁的人生里都有暴雨和大雪,都有暗礁和荆棘,但有趣的人能够将伤害最小化,这是一种大智慧。当你开始想要成为一个有趣的人,你就比原来更有趣了一些。真正能让你显得高级的是有趣的灵魂,有趣的灵魂会让你闪闪发亮,让你充满吸引力。

一切都是心造的

人的心地就像一亩田,若没有播下好的种子,也长不出好的果实来。天堂和地狱,都是由心和行为建造的。

心安即是归处

　　心像一粒尘埃，无时不在飘荡，无时不在寻觅。飘荡，因为尚未到达意愿中的归宿；寻觅，因为想要找到理想中的归宿。可是，欲望不止，一山还比一山高，人生岂能如愿？看淡人世的纷争，看轻得失的轮回，心安即是归处。

看淡、看开

相由心生,境由心造。在岁月中跋涉,每个人都有自己的故事。看淡心境才会秀丽,看开心情才会明媚。如果在乎的没有那么多,想要的没有那么多,生活便会简单很多。

心选世界

心存美好,则无可恼之事;心存善良,则无可恨之人;心若简单,世间纷扰皆成空。

心主万物

心静了，才能听见自己的声音；心清了，才能照见万物的样子。不甘放下的，往往不是值得珍惜的；汲汲追逐的，往往不是生命需要的。

心不可乱

人心越宁静，越能客观地认识世界。常常，不是没能力看透，只因心太乱。非淡泊无以明志，非宁静无以致远。静能生智，智者之所以不惑，除了学问，更重要是因为心静。想要把这个世界看清，先要沉淀自己的心。心乱一切乱。

心不可以急

花开自有花落时,人生最大的障碍,不是困难,而是自己的内心。心若急了,神驰,意乱,景衰,一辈子无论走多远,也都没什么韵致可言。环境可以乱,心灵不能乱;做事可以赶,心不可以急。

心定少烦恼

不要带给自己烦恼,也不要带给别人困扰。对自己好,就要用心;对别人好,就要关心。看别人,烦恼起;看自己,智慧生。体谅别人,就会做人;了解自己,就会做事。人经不起考验,故不要轻易考验人。走入人心很难,走入己心更难。心未定,故一切不定;若确定,则当下就定。心静则智生,心乱则愚来。

把心搁在当下

这个时代的青年,能够把自己安排对了的很少。越聪明的人,越容易有欲望,越不知应在哪个地方搁下心。心其实应该搁在当下的。可是聪明的人,老往远处跑,烦躁而不宁。所以没有志气的固不能说,就是自以为有志气的,往往不是志气,而是欲望。

心 静

心静，则万物莫不自得；心动，则事象差别现前，如何达到动静一如的境界，关键就在人的心是否能去除差别妄想。

纯真、笃实的心

  心是人的主宰，一个人的事业成就有多大，要看他用心多少、心量多大；一个人做人成功与否，则要看他的心术如何。有的人心术不正，处处算计别人，人人避而远之；反之，有的人宅心仁厚，用纯真、笃实的心与人交往。以纯真、笃实之心和人共事、相处，别人必然也会推心置腹地对待你、尊敬你。

心美人才美

  美容不如美心，真正的美人不在于容貌的精致，而在于心地善良、态度庄重、为人亲切、对人友爱、待人和蔼；一个人若具备这些特质，让别人跟你相处时如沐春风，才是最美的人。

内心强大

身体状况的改善、财富的积累，或心智水平的提升，都比不上内心的真正强大。越是困境，越是锻炼强大内心的良机。

心量与能量

在心量和能量之间，心量是基础，心量决定能量。比如读书就是在积累能量，心无大志的人，看见书犯晕，哪会重视这种能量？所以有大的心量，才会努力去积累与之相当的能量。

把握、洞察你的内心

　　未来有多远，希望在哪里，不必要问天问地问鬼神，去叩问自己内心的明亮程度，去叩问自己胸怀的包容程度，去反思自己在哪里缺失和狭隘，又在哪里抱怨和悲凉。要把握自己的内心，洞察内心，再一次改良和自我突破内心。

人心不安的原因

　　人心之所以不安，就是因为把自己寄托在那些不稳定和不真实的东西上。你把房子盖在流沙上，却渴望一个永远安定的窝，那是不可能的。

静

生命在于运动,这话不假。但是要把生命活出样子,必须会静。静能养生,静能开悟,静能生慧,静能明道。所以,要想大智大慧,大彻大悟,必须由静做起。静才能看清自己。

善待你自己

　　我们总是在为生活的一切做着准备，而且大多数时候都无微不至。但是我们大多数人并不擅长于生活。如果我们不是以全然的自我存在，并真实处于当下的话，我们就会错失一切。生命的意义应是在每个当下，每个呼吸，每一步路。特别是在你感到愤怒、懊恼，抑或是其他不良的情绪时，一定要善待情绪，因为那就是善待你自己。

控制自己的心情

一个成功者,并不是他们在人生道路上有多么的一帆风顺,也不是他们的能力有多么的超群,而仅仅是这种人善于控制自己的心情,能在狂风暴雨中看到美丽的彩虹,甚至能在一败涂地中看到美好的将来,并时刻保持一种良好的心理状态,不为暂时的失败沮丧。

倾听你自己

人这一辈子,时间有限,所以不要为别人而活。

不要被教条所限,不要活在别人的观念里,不要让别人的意见左右自己内心的声音。

最重要的是,勇敢地去追随自己的心灵和直觉,只有自己的心灵和直觉才是自己的真实想法,其他的都是次要的。

做情绪的主人

任何时候,一个人都不应该做自己情绪的奴隶,不应该使一切行动都受制于自己的情绪,而应该反过来控制情绪。

你最重要

我们大部分人都很在意别人的看法,有时候还可能陷入其中难以自拔。实际上想一想,别人的话不过是一团尘埃,下一秒就被风吹走。自己的生活,没有人能插足,除了你自己,谁都不重要。

最大的敌人是自己

有时候想想,人最大的敌人其实就是自己,一切的烦恼也都是自己制造的。特别是在如今这个社会里,我们在遇到别人的"攻击"时总是愤愤不平。其实,每个人都有自己的人生轨迹,遇到别人不公正的评论,只要不伤及自己的尊严,那就让他说去吧!

放过自己

压力大,是心中装的石头太多了。我们不需要把所有的事情都处理好,不需要让所有人都满意,也不可能做到这一点。

为自己活

做人应当有一个信念,既要为别人活,也要为自己活。

为别人而活是奉献,为自己活是心安。人生在世,谁人背后没人说。做得再好,都有人指责;说得再真,都有人不满;讨厌你的人,你再努力也无济于事;冷落你的人,你再掏心也无动于衷。我们做不到让每个人都喜欢,也不能让所有人满意。所以,有些人看透了,也就离开了;有些事看淡了,也就放下了。

控制情绪

其实我们每个人心里都清楚,人最难控制的就是自己的情绪。所以,一个可以很好管控自己的情绪的人,必定会成为一个出色的人。

一个真正的人

哭的时候彻底，笑的时候开怀，说的时候淋漓尽致，做的时候毫不犹豫。我觉得能做到这几点就可以称之为一个真正的人。

心系一处，自走自路

人生来就是孤独的，特别是经过努力到了一定层次的人尤其如此。而且越是在喧嚣之处，越会感到孤独。所以，要始终心系一处，自走自路。如果把孤独看作人生必吃的苦，那一定是苦到尽头甘自来。

难得糊涂

人要有个好记性，为人处世才能从容。同时，人也要善于忘记，有些东西念念不忘，可能是无益的。该忘掉的就要忘掉！

自我调适

任何事情，只要懂得自我调适，没有不能改变的。天气冷了，多加一件衣裳，就是自我调适气候的温度；肚子饿了，需要饭菜来调适身体的需要。

不期待

我们有时候太过于期待别人的理解、尊重、信任和支持，这样难免会因"求而不得"而陷入对抗、逃避的痛苦境地。所以，我们不如学会"自给自足"，自己理解自己、尊重自己、信任自己、支持自己。

明知自己的长短

做人做事，知道自己该吃什么饭，一次能吃几两饭，清楚自己的优点与缺点，明白自己的能与不能，是很重要的。

但是，可悲的是现在有太多的人不明白这些。

人不欺己

圣人说要称其为圣人就是"如恶恶臭，如好好色"。意思非常简单，就是不要自己欺骗自己，就如同厌恶难闻的气味，如同喜爱美丽的容颜。换句话说就是真实地反映自己的内心。如此听来，原来圣人并不是高不可攀，可望而不可即，而是很简单、很平常。这就是大道至简。

可是说起来容易简单，又有几人能做到呢？

很多时候，明明是恶的，我们却把它说成善的；明明是恨的，我们却说成是爱的。口是心非有时候甚至成了一个人有智慧的表现，想想是多么可悲啊！

人不自欺谁能欺？

  任何一个人，一生只做了三件事，便是：自欺、欺人、被人欺。如此而已。天下聪明都相等，谁也骗不了谁，别人看你，你看别人，都是很明显的，尤其不能装假，明眼人一看，便会把你的心肝肺脏都看透了似的。人，因为有"自欺"，才会"欺人"，最后当然要"被人欺"。人不自欺，谁又能欺得了你呢？

苦与乐

  很多时候，自己的痛苦在自己的心里，自己的幸福却在别人眼里。

第十六章

心态

【狀態】

心态如琴弦

人的心态如同琴上的弦,太紧则易断,太松则无音,只有松紧适度,才能弹出美妙之音。

茶 说

　　人一走，茶就凉，是自然规律；人没走，茶就凉，是世态炎凉。一杯茶，佛门看到的是禅，道家看到的是气，儒家看到的是礼，商家看到的是利。茶说：我就是一杯水，给你的只是你的想象，你想什么，就是什么。

心 态

　　心态不同，人生的境遇便会天差地别。快乐，就是在平淡中窥见了神奇；幸福，就是于平淡中尝出了真味。

好心态决定好命运

　　我们以积极的心态生活，就会发现许多美好的东西；而当我们以消极的心态生活，就会发现许多令人沮丧的东西；生活的快乐与烦恼，全在于你对生活的态度。乐观向上，好运不断；失落沉沦，厄运陪伴。逆境时，不妨换一个角度来思考，凡事往好处想，因为，好的心态决定好的命运！

生气是一种无知

大家都知道生气是一种无知，我们又奈何不了它。

平常心即真心

所谓平常心就是坏不了的真心。一个人一旦明白了真心，便拥有了一种像金刚一样不可摧毁的智慧。

转 变

转变一个念头，使人柳暗花明；转变一个角度，给思维留一点空间；转变一下思维，就可使人绝处逢生；转变一下心态，就可使人以心转境。

心大一点

我们经常感叹中国字的神奇，心态的"态"字，拆解开来，就是心大一点。一个好的心态不就是心大一点吗？

三种心态

偶然间看到一句话说得很好，说人生应保持的三种心态：一是用宽容的心对待世界，对待生活；二是用快乐的心创造世界，改变生活；三是用感恩的心感受世界，感受生活。这个世界对待我们不一定公平，也没有绝对的公平，所以必须宽容，宽容才能愉悦。生活中肯定会有各种烦心事，所以要用快乐的心去创造生活，主动掌握生活，而不是被生活牵绊。这个世界所赐予我们的，并不一定都是我们该得的，要有感恩的心，感恩才能心静，心静才能致远。

心平气和

我们时常会觉得心累，其实就是心不能静，气不能和，想得太多，要得太多，争得太多，心不平和。其实人生很简单，容得下别人，忍得住闲气，让得了别人，受得了委屈。人生没有绝望，只有想不通；人生没有尽头，只有看不透。

态度决定方向

任何一件事都有它的两面性，乐观的人看到的是希望，悲观的人看到的是绝望。而事情最终向着哪个方向进展，往往取决于你对它的心态和做法。所以，态度决定一切。

有一颗平常心

回顾我们经历的事情，可能大多数人都能得出一个结论：就是往往怕什么来什么。而当我们看淡得失、无谓成败的时候，反倒顺风顺水、遇难成祥。所以，人生最宝贵的，就是要有一颗平常心，不为世间五色所惑，不被人生百味所迷。

心态｜状态

积极与消极

什么是积极，什么是消极？在困难时、忧患中总是能找到机会的人就是积极的。相反，在机会面前总是设想困难、忧患的人就是消极的。

少烦恼

吃饭时，胸中不存忧愁；睡觉时，心头没有思虑。做任何一件事，全心投入去做，不为细枝末节、得失对错而烦恼。

去除悔悟之感的三个过程

古人云:"人非圣贤,孰能无过?知错能改,善莫大焉。"这两句话我们常常记在心里,用来告诫自己敢于做事,不要怕犯错,即使错了,改了也是好事。这是积极的人生观。但是,现实中与之相伴还有一种病,那就是后悔。在日常生活中,有些事情做错了后悔是难免的,但是去除后悔之感,尽快开启新的行程,也许这就是高人与普通人之间拉开差距的关键一点。

有人说:"悔悟是去病之药,然以改之为贵。若留滞于中,则又因药发病。"这话的重点是"悔"后的"悟",也就是从后悔中悟出道理,指导下一步的行为。如果只"悔"不"悟",那悔恨就会成为毒药,致病复发。所以我们第一要懂得悔悟,第二要懂得改正,第三要不把悔恨留在心里。这就是完整的成长过程。

不生气

生气就是在用别人的过错来惩罚自己,所以何必呢?

真诚依旧

一个人是否有胆识,关键看他能否在每日心情的变幻中依旧真诚。

警惕"受害者"心理

现实中,我们经常会遇到这样的人,总是觉得自己是个可怜的受害者,所以在他们眼里,周围都是潜在的加害者,以至于惶惶不可终日。而实际上,这只不过是一种幻象,是自己的信念出了问题。只要稍加调整,生活就会改变,人生也会因此改变。

不要在意别人的看法

人活着,如果越在乎别人的看法,就会越忽略自己的感受;越忽略自己的感受,就越会拼命活给别人看。最后,就会把自己囚禁在黑暗里,永远也见不到光明。

谨 慎

　　谨慎的人可能会获得安全，但通常不会获得快乐。过分谨慎的人，恐怕连安全也得不到。

不固执

　　固执的人常常烦恼，因为他老停在那里。其实，烦恼只是一个路过的影子，你留不住它，它也不可能永存。

心态好是最大的财富

　　心态好，人缘就好，因为懂得宽容；心态好，做事顺利，因为不拘小节；心态好，生活愉快，因为懂得放下。心态好的人，处处圆融，处处圆满。好的心态，能激发人生最大的潜能，是你最大的财富。

快乐的根源

人们总觉得拥有财富与名气的人是最快乐的,于是把财富与名气也等同于快乐。但是,殊不知如果心里已充满了快乐,根本不需要名利;如果心里没有快乐,即使坐拥全世界的财富与名利也没有什么意义。所以,快乐的根源不在于财富的多少,也不在于名气的大小,而在于对待财富和名气的态度。

人与人之间的差别在于心态

人与人之间并无太大的区别,真正的区别在于心态。所以,一个人成功与否,主要取决于他的心态。

心态决定成败

"你的心态就是你真正的主人,要么你去驾驭生命,要么就是生命驾驭你。"一个人能否成功,取决于他的心态。成功人士与失败者之间的差别是:成功人士始终用最积极的思考、最乐观的精神和最丰富的经验支配和控制自己的人生。

这个世界没有对不起我们

现实中有很多人总是抱怨世事不公，仿佛这个世界对不起他。然而世界只是自然，自然以道为法，并不会因为某个人的意志而转移，何来的对不起呢？王阳明说"厌弃外物就是骄横怠惰"。这句话很有道理，自然规律是客观存在的，你去厌弃岂不是说明你太骄横了吗？长此以往只会让你懈怠、懒惰。

所以一切取决于人的心态。当你觉得被世界所辜负的时候，其实不过是你的私心私欲没被满足、顺从罢了。所以，摆正心态是第一步。

心态｜成败

心态健康

人活一世，有输有赢是再正常不过的事。无论是输还是赢，都应该以一颗平常心面对，这样才能拥有一个良好的心情。一个人，如果只能接受赢而接受不了输，势必不会取得大的成功，就算再有潜质，也会输在自己不健康的心态上。

面对诱惑要有平常心

何谓平常心？平常心是无造作、无是非、无取舍、无断常、无凡无圣之心。我们只有心无杂念，将功名利禄看穿，将胜负成败看透，将毁誉得失看破，才能获得平常心。世事无常，在各种磨难面前，在各种诱惑和欲望面前，我们若能保持一颗平常心，那么就能得道。

放开心

心完全开放着，就不会觉得别人说的话逆耳，做的事不顺意，而会觉得眼前条条路都畅通无阻。

以平常心观不平常事

以平常心观不平常事,则事事平常。在危险面前,平常心就是勇敢;在利诱面前,平常心就是纯洁;在复杂的环境面前,平常心就是保持清醒智慧;在紧急的关头,平常心就是沉着地分析与应对;在荣誉面前,平常心就是谦虚;在诋毁面前,平常心就是自信。平常心不是消极遁世,而是一种境界,一种积极的人生态度。

活在自己的世界里

真正的内心强大,就是活在自己的世界里,而不是活在别人的评价中。人生在世,无非是笑笑别人,然后再让别人笑笑自己。

乐观、勇敢

很多时候不是命运的不幸，而是自己还不够努力。你越积极乐观，越是勇敢面对，好运就会来到。

安 心

面对任何人、任何事、任何境遇，不起烦恼，这叫看破。要知道，没有恒常，没有长久，顺境，要安心，逆境，还是要安心。

态度人生

成功者与失败者之间最根本的差别就是：成功者始终用最积极的思考、最乐观的精神和丰富的经验支配和控制自己的人生。而失败者之所以失败，就是因为缺失这样的心态。所谓态度人生，就是这个道理。

忏　悔

人总是会犯错的，过去的错误就让它过去吧，重要的是把握现在，不再犯错，我觉得这才是真正的忏悔。单纯的悔恨，甚至痛骂自己，那不叫忏悔，那叫折磨。

不计较得失

　　都说有得必有失、有失必有得。人的一生当中会拥有什么，似乎是有定数的，在某个方面失去的，必定在别的方面补回来。所以，对于失去的某些东西，不要过于在意，那很可能是在等待更好的获得。

得失之心

当今社会，很多人在工作生活中都是手忙脚乱、越忙越乱，把事情弄得一团糟，自己也困顿不已、狼狈不堪。为什么会这样呢？大都是因为得失之心太重，只想要好的结果，恐惧得到坏的结果，于是就蒙蔽了自己本来能泰然处之、平和应对的心。起伏得失本是常态，尽力而为、顺其自然才是合理的态度。

看待得失

你得不到，所以痛苦；得到了，却不过如此，也会觉得痛苦；轻易地放弃了，后来却发现，原来它在你生命中是那么重要，所以觉得痛苦。既然得不到、得到了、放弃时都会痛苦，何不把人生的得失看轻一些，保持一颗平常心，痛苦不就会随之而减轻吗？

懂 得

人生在世，有些事，我们要懂得，才能不负自己。懂得不争，是一种宽容；懂得不理，是一种智慧；懂得不解释，是一种成熟。很多时候，不争，不是因为无能，而是不想发生冲突；不理，不是因为心虚，而是学会了没必要；不解释，不是因为懦弱，而是有些事情，让时间来证明更有说服力。

心态 | 得失

舍 得

　　"得"是一种本事,"舍"是一门学问,没有能力的人得不到,没有悟性的人舍不得;舍得金钱才能赢得自己,主宰生活;舍得功名才能静下心来,顺其自然,品味人生。舍得之妙,妙在微言大义;舍得之精,精在有舍有得。

争与不争

　　人活着,没必要凡事都争个明白。水至清则无鱼,人至清则无朋。跟家人争,争赢了,亲情没了;跟爱人争,争赢了,感情淡了;跟朋友争,争赢了,情义没了。争的是理,输的是情,伤的是自己。黑是黑,白是白,让时间去证明。放下自己的固执己见,宽心做人,舍得做事,赢的是整个人生;多一份平和,多一点温暖,生活才有阳光。

争不得

我们常常被一个"争"字所纷扰，争到最后，原本阔大渺远的尘世，只剩下一颗自私的心了。其实在生活中，可以有无数个不争的理由：心胸开阔一些；得失看轻一些；为别人多考虑一些，哪怕只是少争一点，把看似要紧的东西淡然地放一放，你会发现，人心会一下子变宽，世界会一下子变大。

沉淀和取舍

水，看似清澈，并非因为它不含杂质，而是在于懂得沉淀；心，看似通透，不是因为没有杂念，而是在于明白取舍。

苦与累

生活本不苦,苦的是我们欲望过多;人心本无累,累的是放不下的太多。

简单的心

人生,有多少计较,就有多少痛苦;有多少宽容,就有多少欢乐。痛苦与欢乐都是心灵的折射,就像镜子里面有什么,决定于镜子面前的事物。心里放不下,自然成了负担,负担越多,人生越不快乐。计较的心如同口袋,宽容的心犹如漏斗。复杂的心爱计较,简单的心易快乐。

争或不争

有些事我们选择糊涂,其实不是真糊涂,而是因为自己已经明白,有些东西争不来,有些不争也会来。

不求回报

我们往往会有凡事求回报的心理,其实如果付出了什么,立刻就希望得到回报,那只是在给自己找麻烦。对待给予的最好态度,是把给出去的东西当作泼出去的水,不再去想它。

不计较的人

人,都喜欢和不计较的人相处。

不计较的人在刚开始时候,看似失去,但长久下来却是获得;爱占他人便宜的人,刚开始看似是获得,但相处久后却是失去。

施恩与图报

人活在世上，可以施恩，但是不要总想着回报，总想着回报一定会失望。

得与失

人，要有所为就要有所不为。应做的一定要做好，不该做的坚决不做。得到的并不一定就值得庆幸，失去的也并不完全是遗憾。

不计较小事

一个总是计较小事的人，我们大概就可以认为他是智力低下的人，也是思想混沌的人。

中篇 明达

第十七章

人世交集

【世人】

人可靠吗？

这个世界上恐怕只有人是最靠不住的，其他尚可。

这就是真相

人在过得不好的时候,别人投来的目光可能是蔑视,也可能是同情;但是人在过得好的时候,别人投来的目光大多是嫉妒和仇恨。

择善而交

　　不知何人总结的一句话，说喜欢一个人"始于颜值，敬于才华，合于性格，久于善良，终于人品"，想想也的确如此。第一印象一定是他的样子，这个样子不在于丑俊，而在于是不是和颜悦色，是不是不会让人产生距离感，这是第一步；若有进一步的交往，一定是这人有些才华，那也是吸引人的地方，一个空有其表、满腹空空的人，没有人会喜欢；而交往时间长了，性格就起关键作用了，性格不和的两个人往往会中道分裂；而最持久的就是善良，就是人品，那是人与人交往中令人喜欢或者敬佩，最深沉、最根本的东西。

　　知道了这个道理，我们做人是不是要时常检视一下自己，区分身边的人。

交往的智慧

人既不能太聪明也不能太傻,介于两者之间大概才是智慧。

太傻的人没人愿意和你交往,而太聪明的人别人又害怕与你交往。所以,介于两者之间的人才会有较多的朋友,这便是交往的智慧。

面对不地道的人

平日里我们经常会遇到各种不地道的人,对这种人讲理是没有用的,因为他们满脑子的歪理邪说,永远都能跟你胡搅蛮缠,要说服他们等同于改造他们的整套世界观、人生观和价值观,那是不可能的!所以,最好的办法就是不理他。

无能的人不盼别人好

不盼别人好,是一种"病"。

这种"病",通常出现在无能的人身上。只有当能力与野心不匹配时,才会害怕别人展露能力,超过自己。

对待不喜欢的人

看清一个人何必去揭穿,讨厌一个人又何必去翻脸。活着,总有看不惯的人,就如别人看不惯我们。

话不投机半句多

人生，不可能时时顺心、处处完美。有时，遭遇误解，言辞申辩会是徒劳，不如一笑而过，让时间告诉答案；遇到话不投机之人，多说是过，置之不理才是一种智慧。

不要轻易相信别人

不管你多大年龄，从事什么工作，是什么性格的人，只要你有太容易相信人的特点，你就拥有了死穴。

■ PAGE 214 | 态度人生
人世交集 | 世人

人如酒

人和酒一样都是矛盾体，淡了嫌没味道，浓了又怕喝过头。

男人不贪酒

男人切不可贪酒。贪酒的男人不会有大的成就。

为人的真谛

我们不能总是不相信别人,也不能总是太相信别人。这就是为人的真谛。

低调的人

左右逢源的人看起来和谁都很好,但是谁也不跟他真正好。低调的人,跟谁也疏疏落落的,但每个人心里都盛着他。

口 舌

说人是非者便是是非人。要远离这样的人。

人性良恶

大多数人会希望你过得好,但是前提条件是,不希望你过得比他好。可能这就是人性恶的一面。

不露伤心事

不要轻易把自己的伤心事说给别人听,因为大多数人都是看笑话的。

善解人意

一个人越善解人意，往往就越没有人在意他的委屈和脾气。

为人处世的学问

为人处世是一门永远也学不完的大学问。有几条值得谨记，那就是不是所有的事情都要刨根问底，不要任何情况下都得理不饶人，不要企图改变他人，不要以自己的道德标准要求他人，要学会理解最奇怪的事物，学会欣赏与自己距离最远的艺术风格。

与人交往

　　人这一生其实很有意思，会在不同的时刻认识不同的人。不同的人或多或少都会改变我们的人生轨迹。所以人生遇到的每个人，出场顺序真的很重要，很多人如果换一个时间认识，可能就会有不同的结局。可这又是我们个人难以掌控的。因此，我从中悟出一个道理，哪些人值得我们深入交往，哪些人不值得我们深入交往，交往时要有所甄别。这个原则在心中牢记了，也许我们总能碰到值得我们交往的人，总能碰到会使我们的人生轨迹向好的方向发展的人。人生的智慧也就在此！

人　世

　　什么是人世？人世就是由一个一个的人组成的世界，每个人都有每个人的世界。一个人身边有多少人，就有多大的世界；有什么样的人，就有什么样的世界。切记不要把自己置身于一个混沌的世界里。

从 众

从众的人是不会成功的，只有独辟蹊径才会找到成功的道路，真理真的是掌握在少数人手中，这个社会给了我们最好的案例。

人来人往皆随缘

我们每个人都应该记住这段话：世上人与人之间，说透了无非就是一份缘，一份情，一份心，一份真。擦肩而过的叫路人，不离不弃的叫亲人，时牵时挂的叫友人，生死相随的叫近人，默契能懂的叫爱人。

不在无谓的人事上浪费生命

有些事无须计较，时间会证明一切；有些人无须交往，道不同不相为谋。不要在无谓的人和事上浪费生命，那是不值得的。

要比别人强

我们不妨想一想，是不是当你比别人强一点的时候，别人会嫉妒你；而当你比他强太多的时候，他就只能敬佩你。如果明白了这一点，是不是就知道该怎么做了！

是人都有弱点

每个人都有弱点，有弱点才是真实的人。

那种自己认为自己没有弱点的人，一定是浅薄的人；那种众人都认为没有弱点的人，多半是虚伪的人。

人情喜恶变化无穷

切不可随人情起舞，人情的喜恶变化无穷，对与不对，要用自己的智慧去判断。

境

　　人生如行路，一路艰辛，一路风景。你的目光所及，就是你的人生境界。总是看到比自己优秀的人，说明你正在走上坡路；总是看到不如自己的人，说明你正在走下坡路。

台 阶

永远要记住：无论人生上到哪一层台阶，阶下有人在仰望你，阶上亦有人在俯视你。

坦 荡

做人不需人人都喜欢，只需坦坦荡荡。

利益面前是非多

生活中,如果我们想认清一个人,最快的方法就是与他扯上金钱关系。

不为不知

若要人不知,除非己莫为。没有人是真的傻子,只不过有时候装傻而已!

苦难不可强加于人

　　我觉得和谐社会就是不要把苦难强加于人。强加给别人的苦难，终究有一天会回到自己身上，或者自己的亲人身上。就仿佛我们用拳头去打人，你给别人一个力的同时肯定也受到了一个相反的力。这是自然之规律，恐怕谁也改变不了。

生命中最悲哀的事

  生命中最悲哀的一件事,就是遇到了一个对你来说很重要的人,但你却到了最后才发现,一切都太迟了,你无力回天,只好任其随风而逝。

人世交集 | 友人

距离产生美

关于识人有句古话,说是"识人不必探尽,探尽则多怨",的确如此。我们周围的朋友或者伙伴有很多,交往一定要留有空间,不要凡事都去关心,凡事都想知道,仿佛不知道底细就无法真正交往一样。大概我们在日常交往中都有这样的体会,一个人刚认识的时候交流很好,接触时间长了就发现或多或少有些障碍。其实道理就在于此,因为你了解的太多了,看不惯的也多了。所以,要掌握好度,千万别去探尽,探尽必生怨恨。

朋 友

每个人的大脑随时都在发出一种电波信号,就像是电视台发射的信号一样。你交往的朋友若是积极向上的,你跟他们在一起时无形之中会接受他们头脑中发出的积极向上"富有"的信号。如果你交往的朋友是一些消极、玩世不恭、自私自利的人,你的大脑也会同样吸收他们消极的信号。日久天长,你的大脑吸收了很多他们的"穷信号",你会逐渐变穷。

不是说你不要交往没钱的穷朋友,而是要交往虽然现在没有钱,但内心是奋发向上的朋友,他们有理想,有斗志,讲话办事都有一种活力和干劲,他们的想法和语言是带有"金子色彩"的。接触这类朋友,你的大脑也会经常输入"金子色彩",时间久了会帮助你在生活中挖到更多的"金子"。

珍惜缘分

不管什么时候，都要记住：再穷，也别出卖陪伴你的人；再富，也别忘记帮助你的人；再累，也别无视关心你的人；再忙，也别冷落在乎你的人。

生命本是一场奇异的旅行，遇见谁都是一个美丽的意外。有愿才会有缘，如果无愿，即使是有缘人，也会擦身而过。缘是天意，分在人为。无论缘深缘浅，缘长缘短，得到就是造化。用宽容与豁达，去对待生命中每一个人，每一件事。人生苦短，缘来不易，我们都应该好好珍惜。

老朋友

只结识新朋友,不重视维护已有的关系,是一个人际交往的大忌。

现在的人都很聪明,他发现你没有老朋友,就知道你是一个寡情的人,那么,他也不会成为你真正的朋友。他也就不会与你交心。

知 己

整日围在你身边,让你有些许小欢喜的人,不一定是真正的朋友。在你快乐的时候,不去奉承你,在你需要的时候,默默为你做事,看似远离,实际上时刻关注着你的人,才是知己。

朋友与利益

恐怕很多人现在都有一个感触,真正的朋友越来越少了。周围的熟人大都是利益关系,离开了利益有时候可能都会成为仇人。现实确实如此,因为利益反目成仇的例子太多了。

实事求是地说,人都是有私心的,都会注重自己的利益,每个人的付出都是需要得到回报的,这是人之常情。正是基于此,朋友之间就必须以彼此谦让为基础。这样,不仅每个人的利益不会受损,而且双方在互帮互助、互利共赢中还能使彼此获得更大的利益。两人之间的交情,也会越来越深。

落难见真情

只有在你最落魄、最失败无助的时候,才会知道谁是真朋友。

靠近喜欢你的人

做人，别太傻，在不懂你的人面前，说得再多，也是浪费。在讨厌你的人心中，做得再好，也是徒劳。

说不出才是友谊

关于友谊这个话题，古往今来有无数的解读与定义。有时候我们想一想，是不是人与人之间的友谊，并不是说不尽才好，而是说不出才更好。

人往高处走

我们都说人往高处走。那什么是往高处走呢?我想绝不是物质上追慕富贵,而是在精神层面上,与那些有优秀品质、有宽广胸怀、有开阔视野的人交往。

评价他人的方式

　　我们不妨观察一下周围的人，如果这个人越聪明、越善良，他看到别人身上的美德越多；而这个人越愚蠢、越恶毒，他看到别人身上的缺点也越多。所以，遇到总是指责别人、苛求别人的人，一定要远离他。

多一分理解开一分智慧

与人相处,如果单从自己的角度,就不能全面地观察、了解、理解对方,即使是善意的指责也会起反作用。所以提醒自己,要给对方多一分理解。多一分理解就长养自己的一分慈悲,多一分慈悲就会开一分智慧。

懂 得

　　有人懂得是一种幸福,可遇不可求;懂得别人是一种胸怀,尽力而为之;互相懂得是一种境界,且行且珍惜。

有去必有回

智者说：想得到什么，就要先给予什么。想要长寿，就要先把生命给别人，这是放生。想有智慧，就先把智慧给别人，这是法施。想要富贵，就用钱财帮助别人，这是布施。对这个世界所做的一切，最后都会回到自己身上。

成就他人也是在成就自己

认识一个人靠缘分，了解一个人靠耐心，征服一个人靠智慧，和睦相处靠包容。人，相互帮扶才感到温暖；事，共同努力才知道简单；路，有人同行才不觉漫长；友，相互记挂才体味情深。与人为善，不遗余力地成就他人，不知不觉也成就了自己。

做人要学会换位思考

站在自己的位置上看别人,所得出的,永远都是糟糕的结论。做人,要懂得换位思考,善待别人。能感受别人的难处,是关怀;能体谅别人的不易,是宽厚;能饶恕别人的错误,是大度。

人与人之间最好的关系是彼此成就

人与人之间最好的关系,不是接受和给予,不是束缚和羁绊,更不是牺牲和将就,而是彼此付出,彼此欣赏,彼此成就。

使用价值

磁铁有吸引力,是因为它有磁性;不锈钢受人欢迎,是因为它不容易被腐蚀;保险丝被称赞,是因为它勇担危险,用自我牺牲换取人身安全。我们人何尝不是这样呢?有使用价值才具有真正的价值。

为他人谋福祉

什么是做人的大格局？我觉得就是心中始终装着他人，懂得为他人考虑，懂得向别人释放善意。这样的人，终会被他人青睐，也终会有大成就。

与谁同行

一个人能走多远，关键看是与谁同行。与凤凰同行，必是俊鸟；与虎狼同行，必是猛兽！俗话说，人抬人，抬出伟人。你把身边的人都看成宝，你被宝包围着，那你就是"聚宝盆"。你把身边的人都看成草，你被草包围着，那你就是草包。

与人交往无公平

有时候，我们总是希望"我们是怎样对待别人的，就想让别人怎样对待自己"。其实这是错误的，如果连这一点都参不透，我们的人生就会有无穷的烦恼。

学会欣赏

一个人，如果有一双善于发现美的眼睛，他的内心一定充满着丰富的善意。那些一味挑剔的人，生命中肯定是只有荒芜。所以，学会欣赏，是一种智慧，更是一种境界。学会欣赏别人，你就会变得更加优秀；总是嫉妒别人，你的内心肯定是无比凄凉。

尊重别人就是尊重自己

懂得尊重别人的人，终将赢得别人的尊重。无论何时，保守秘密的人都能受到重用，也能赢得他人的信任。生活中，我们不仅要保护自己的秘密，也要尊重他人的秘密。

把好处让予他人

真正一团糟的人生，不是没有地位，没有财富，而是烦恼缠身。与其把好事都揽入自己手中，不如把好处让予他人，自己退让一步，心宽自在。

不损人利己

做人要敢做敢当，可以有利于自己，但也要无损于他人！

与人相处

认识一个人靠缘分，了解一个人靠耐心，征服一个人靠智慧，和睦相处靠包容。

不说风凉话

千万不要笑话别人，最好是连这样的心思也打掉。因为家家都有难念的经，人人都有难唱的曲。再风光的人，背后也有寒凉苦楚；再幸福的人，内心也有无奈难处。谁的人生都不易，笑话别人就等于笑话自己，尊重别人就是尊重自己。谁的人生十全十美？谁敢保证一直人生得意？答案恐怕是没有。

感恩遇到的每个人

我们最好不要去责怪我们人生里的任何人，好的人给我们快乐，坏的人给我们经历，差的人给我们教训。这不都是财富吗？给我们财富的人我们还有理由去责怪吗？

放松对别人的期待

一个成熟的人,一定要经得起假话,受得起敷衍,忍得住欺骗,忘得了诺言,放得下一切。

待人要有保留

无意间看到《待人五法》,说得极其有理。说"识人不必探尽,探尽则多怨;知人不必言尽,言尽则无友;责人不必苛尽,苛尽则众远;敬人不必卑尽,卑尽则少骨;让人不必退尽,退尽则路寡"。这就是做人的智慧,有些人把自己搞得很累,还让人生厌,大概就是在这些方面没有认清,或者没有做到。

交心的秘诀

与人交往时要想打动对方的心,最高明的策略就是跟他谈论他最珍贵的事物、最关心的事情。

不去改变别人

千万不要以自己的经验和观点去试着影响或者改变另一个人,因为每一个人成长的过程都是不一样的,只有自己才知道自己的人生应当怎样。

盈 亏

　　人要学会吃亏,但不要把所有的亏都吃尽;人也要学会占便宜,但不要把所有的便宜都占尽。

通人性

　　一个善于从别人的角度来看事情,善于了解别人心灵活动的人,早晚会成就一番事业。

不轻易许诺

承诺是根勒在自己脖子上的绳索,时间越久勒得越紧,只有兑现了才能解开。所以,不要轻易许诺,一旦兑现不了慢慢就把自己勒死了。

给人利用才有价值

物品要能被使用,才是贵重之物。同样,做人要能被利用,才是有用之人。

分享与索取

在现代社会中，在部分人眼里，索取的人似乎更聪明。他知道如何为自己索要更多的好处，占更多的便宜，其他人却无法从他身上得到半分。

这样的人我们承认他聪明，但只是小聪明。你见过几个名家伟人的成就是通过不断压榨别人得到的？层次越高的人往往越喜欢分享，他不会在乎自己失去了什么。他知道，自己在分享的同时，也会有所收获，这种收获是任何东西都换不来的。

等价交换的人脉

所谓的人脉都是等价交换,少有例外。

成就别人

人活着的一大意义就是不断地成就别人。也只有心中永远装着别人的人才能活得有意义。

人世交集 | 合作

掌握人事互动的原则

　　人的一生，无非是一场人和事的互动关系。与人相处不可以放任自己的想法，要洞悉人之常情；处事不可以执着自己的见解，应该明白事之常理。原则拿捏得当，生活将会充满欢喜和惬意。

对立与和谐

人与人之间不会总是和谐,但也不可能总是对立。所以,我们应该试着去谋求双赢。

托 举

人生到世界上来,如果不能使别人过得好一些,反而使他们过得更坏的话,那就是失败了。

与人相处不计较

人和人之间最舒服的关系应该是亲疏有度、相看不厌、久处不累。这样的关系形成的基础是互相不计较。像刺猬一样浑身带刺还想要抱团取暖,那是不可能的。

人各有样

人,各有各的位置,各有各的价值,各有各的理念,各有各的世界观,各有各的人生观,各有各的价值观。所以,永远不随意苛求别人,也不要盲目要求自己,保持善良,做到真诚,宽容待别人,严于律自己,得与失,成和败,聚或散,都是人生要经历的一种成长。

求同存异

与人交往，异中求同是大智慧。因为没有人是完美的，你不是，别人也不是，没有两个人的想法是一致的。

珍惜声誉

对于一个人来说，摧毁他的声誉是相对容易的事情，而要重建一份已经失去的声誉却相当地困难。所以，我们得珍惜。

人世交集 | 合作

给予别人帮助

　　我想这个世界上没有人富有到可以不需要别人的帮助，也没有人贫穷到无法在任何方面给予别人帮助。所以，如今的我们不管身处何境，都不要把需要帮助的人拒之门外。这个社会本来就是我拉你一把、你拉我一把，否则将无法维系。

第十八章

情与爱

情与爱

真正的感情

真正的感情应该不是占有，而是一种奉献。但是，一般人却不容易做到，总是以一种嫉妒的心理来拥有感情，甚至于用一种永不满足的态度来争取感情。这种感情并不纯洁，真正的感情应该从奉献中获得，因为用奉献的态度获得的感情才是最崇高的感情。

态度人生　259 PAGE
情与爱

互相给予才是爱的基础

以需求为基础的关系无法持久,因为需求是善变的,然而,当我们放下需求,把一段感情建立在互相给予爱的基础上,关系将会获得重生。

婚姻总会有缺憾

我们总以为自己的婚姻经不起推敲,别人的婚姻更幸福,却忘了,爱情不是相忘于江湖,就是平淡到老。谁的婚姻里没有缺憾?要么缺金,要么缺帅,要么缺陪你的时间。

情与爱

遇到对的人就会有对的事

很多时候,不是你不够好,而是没遇到对的人。欣赏你的人,你怎么做都好;厌恶你的人,你怎么做都错。在乎你的人,你怎么样都好;讨厌你的人,你哪里都不好!

婚姻围城

都说婚姻像围城,站在城外的人想冲进去,围在城里的人想逃出来。其实想一想,何止婚姻呢?得不到时想得到,得到了又不想受其束缚。所以,我们每个人都应当努力建一座属于自己的城,想进去时进去,想出来时出来。

付出爱，发现美

　　人生当中只有爱和美才是心灵的故乡。这句话的确道出了人生的真谛。爱是一种付出。不管对人还是对事，当我们付出爱的时候，也正是人生最踏实的时候。一味索取，是最让人不安的。美是人人都喜欢的，但是能够从一切事物中发现美的人，才是最幸福的人。

什么是爱？

对于爱的定义因人而异，有一个说法，爱不是为了满足私欲而依恋某人或某物。爱应该是不间断地自我牺牲，对万物充满慈悲。爱就如母亲般，即使是冒着生命危险，也会极力保护她的孩子。好的亲情、爱情便是如此，爱意充盈、无私且伟大。

第十九章

规则与规矩

人生有尺

人生之尺,无处不在,长短不一,因人而异。人生有尺,社会有度,心静则尺平,心明则尺准。当尺、度完美结合时,人生就有了方向,社会就有了规则,世界也会因此而美丽。

先讲规则

做事应该先讲规则后讲情谊，否则这份情谊就是无源之水、无本之木。这也是我们中国人常讲的"先小人后君子"的大概之意。

做人，懂分寸

懂分寸，是一种能力，更是一种智慧。

从古至今，我们为人处世，往往离不开"分寸"二字，而人生中最难把握的也正是这"分寸"二字。

孔子说"七十而从心所欲，不逾矩"，"矩"其实就是分寸。掌握分寸如同拿起一把散沙，抓得太松了，沙子便从指间流失；抓得太紧了，又反而加速了沙子流失的速度。

这就是我们常说的增一分太长，减一分太短。所以，做人可以不聪明，但不可不懂分寸。

天 道

我们常常听到"天道"这个词,中国人讲究天人合一,实际上就是遵循天道。那么天道是什么呢?说白了,就是宇宙间的因果法则、因果定律,就是我们常说的善因善果、恶因恶果、大因大果、小因小果。天道虽然看不见,摸不着,但这只无形的手却在一直无私地奖善惩恶,平衡着事物的发展。

懂得敬畏

敬畏是人生的大智慧，不仅是一种人生态度，也是一种行为准则。曾国藩说自己平生有"三畏"：畏天命、畏人言、畏君父。他的一生常怀敬畏之心，坚守做人为官的基本准则，保持清醒的头脑，做到原则不动、底线不松，在战战兢兢、如履薄冰的心境中度过，最终一路平步青云，成就了自我。他曾在家书中写道："不要以为家里有人做大官就敢欺负人，不要以为自己有点学问就敢恃才傲物，在顺利之时更不要忘乎所以，很多人身败名裂就是不知道顾忌。"

所以才要不断求索，做人，做学问，路漫漫无止境。

不说不可知的宇宙，在可知的世界中，有太多的未知，依然让我们敬畏。

初生牛犊不怕虎，我看到的不是勇气，而是无知。

无知是哲学之母，是一切的原动力。因为无知，所以求知。

心存敬畏

我们作为一个社会人,只有心存敬畏,才能有如履薄冰的谨慎态度,才能有战战兢兢的戒惧意念,也才能在变幻莫测、纷繁复杂的社会里,不分心,不浮躁,不被私心杂念所扰,不为个人名利所累,永远谦逊平和,保持内心的执着和清静,恪守心灵的从容和淡定。

人一旦没有敬畏之心,往往就会变得肆无忌惮、为所欲为,想说什么就说什么,想干什么就干什么,甚至无法无天,最终吞下自酿的苦果。

不要轻易爬到山顶

人生就像爬山,但是要记住不要轻易爬到山顶。

敬人者人恒敬之

一个人之所以尊重他人，不存在功利性考虑，而是把"敬人"视为一种美德，尊重他人就成为一种良好的思维观念，成为一种值得追求的生活方式。正是因为拥有这样的品德，人的心灵境界才能得到提升，人的胸襟才会更加宽阔，才能容纳万事万物，成就一番事业。这意味着，无论他人如何对待自己，自己都应持君子之风，将其作为自己的同类而加以尊重，这样才能获得他人的尊重。

规则与规矩

敬己、敬人、敬事

一个人在工作和生活中，敬重自己，敬重别人，敬重事业，是一种朴素的美德，是一种高尚的境界，是一种朴实的做法，是一种愉悦自己和他人的阳光心态和快乐源泉。

敬己即正确认识自己、尊重自己、敬服自己，既不小觑自己，又不自傲自大。敬己是一个人塑造品质、扬名立万的起点；敬己是一个人顺应自然规律、无为而治、开创事业的成功开始。一个人有了敬己自重的基因和素质，才能在社会上敬重别人，敬重自己的事业；一个人如果连自己也看不起，觉得自己很无用、很窝囊，叫他敬人敬事，肯定是不大可能的；自己的事业受到损失不说，与他人的关系也肯定不会很融洽。所以，敬己是做人的基本姿态和良好开端所必须具备的重要特质之一。

敬人即尊重别人，敬重别人。人立于世上，无论钱多钱少、年老年少，人格是平等的。尊重别人是自重的延续，是与人沟通、加强了解、增进友情、合作双赢的重要基础和条件。

不尊重别人，意味着放弃自重，意味着不想要和睦相处、和衷共济的生活及工作环境，意味着开始是非不断，意味着人际关系冷漠，意味着事业半途而废或崩溃加剧……如果说敬己是为了给自己营造良好、宽松的"内心环境"的话，那么敬人则是为自己营造和谐、融洽的"外心环境"。不懂得营造"外心环境"，势必像一个人孤独地行走在广袤大漠一样，迷失了方向或陷入绝境。只有此时才深感敬人所带来的相濡以沫、风雨同舟、患难与共的真情，才能体会到做人的惺惺相惜、互相尊重的珍贵体验和无尽乐趣。

敬事即敬重自己的事业，也叫敬业。无论从事何种行业，敬业是一个人最起码的职业素质表现和要求。敬业不仅仅是为了升职加薪，也体现了一个人良好的职业道德和积极向上的人生态度，它是敬己、敬人最直接的落脚点和最全面的体现。

不敬业，只敬人和敬己那是不完美的。敬业，是一种圆滑的、明哲保身的处世哲学。敬业，就是要做到干一行、爱一行、专一行，把自己的聪明才智贡献出来，发挥出来，为企业创造更多的价值，为自己奠定一份成功的心态和找到一个实现自我价值的阶梯。

当然，敬业不是孤立的，它是以敬人敬己为基础的；好的个人心态和人际关系环境，能够使敬业的愿望变成现实并充满温馨，而不至于孤立奋战，左右无援，独步寒冬。

敬己、敬人、敬事三者之中，敬己是序曲，敬人是正剧，敬事是持续不断的高潮。学会了、做到了，它将带给我们愉悦的人生经历、美好回忆和丰硕收获，才真正算得上不虚度人生！

崇尚科学

我们每个人都应该崇尚科学,一切科学的东西,包括科学家和科研成果都应得到充分的保护。因为,它属于人类也属于历史。

傲气不可有,傲骨不可无

人不可不傲,也不可太傲。这话说得其实颇有道理。古人说:人不可有傲气,但不可无傲骨。就是告诉我们人不能有锋芒毕露的傲,但必须有骨子里的自信。特别是在当今这个社会,这一点尤为重要。

第二十章

言行

守嘴不多舌

常言道:"守嘴不惹祸,守心不出错。"这话是有道理的,任何时候,我们都应该修好自己的心,立好自己的德,做好自己的事,干好自己的活。正所谓言多必失。我们常说"人用三年学会说话,却用一辈子学会闭嘴",就是这个道理。管不住嘴的人,一定会吃大亏。

言行是一面镜子

心缺良善,言行必恶毒;心缺美德,言行必下流;心缺自尊,言行必卑贱;心缺诚实,言行必虚妄;心缺涵养,言行必粗陋;心缺教化,言行必无礼;心缺敬畏,言行必随便;心缺知识,言行必愚钝。心是一杆秤,称出的是自己的言行;言行是一面镜,映出的是自己的心灵。

责询有别

问清别人一个问题有时候是必要的，但是在问之前一定要搞清楚这个问题的性质，区分询问与责问。千万别把询问当成责问，否则很可能会伤了和气。

话投所好

与人交往没有固有模式，所谓"见人说人话，见鬼说鬼话"不无道理。很多时候，如果我们要达到自己的目的，就必须这样做，否则很可能会适得其反。因为你自己是人是鬼，在别人心中也有判断。

言行

看 透

都说层次越高的人越孤独,是因为周围的人层次低,没有共同语言没法交流。如今渐渐地发现也不完全是这样。更多的是因为已经把一切事情都看透了,也无须交流。

思考"人言"的另一个角度

承认"人言"是生存的一种必然,别人"说"你,恰恰说明他关注你,在乎你。当别人对着你的背影指指点点的时候,说明别人正站在你的身后。

生来自由

世界很大,风景很美,机会很多,人生很短,不要蜷缩在一小块阴影里。因为世上找不出两个完全相同的人。生得再平凡,也是限量版。只要内心不乱,外界就很难改变你什么。不要艳羡他人,不要输掉自己。

誓 言

誓言是世界上最靠不住的东西,只有你对别人还有用的时候,别人才会遵守誓言。

故 事

有故事的人，通常不喜欢讲故事。

良好沟通的条件

我们都知道在工作中、生活中，沟通很重要。但是要知道沟通和说服是不一样的。沟通是平等的，说服是强加给别人的。沟通也是有条件的，第一自己要心平气和，第二要有好的氛围、好的时间段。不是说兴趣来了说干就干。什么事，在什么场合，怎么说，怎么表达，弄不好会起反作用，越沟通越麻烦。

忠言逆耳

对于别人的随声附和,我想我们大多数人都不喜欢听。但是也不太喜欢听诚恳的忠告,更喜欢听的是,充满善意的附和。

学会拒绝

有时候我们拒绝别人,总感觉像是自己做错了事。其实我们不知道,有些人你帮他七分,他反而觉得你还欠他三分。

言行

慎言慎语

话到嘴边想一想,讲话之前慢半拍,不是不说,而是要慎言慎语!

对自己的行为负责

无论你是否意识到,或者是否愿意,我们每个人都终将要在历史上留下自己的痕迹。因为我们的脚印汇聚在一起,就形成了一个社会的历史,一个时代的历史。所以,不管我们从事什么,都要对自己的那一步负责!

说话有时机

在适当的时候，往往一句关键性的话，就多了一个成就事情的机会。如果在不适当的时机说话，不仅成事不足，还可能徒增是非和困扰。因此，如何因人、因事、因地讲话非常重要，而这都取决于"一念之间"。一定要用心谨慎，也要好好把握。

话不言尽

《论语》中说"君子欲讷于言而敏于行"，是告诫我们说话要谨慎，尤其不要说尽。话不说尽是对未知保持敬畏，对生活保持谦逊。同时，在日常交往中，说话留余地是一种修养。所谓人情世故，一半都与说话有关，在话语中逞威风，最容易惹出是非。话不言尽，留三分不点透，才能给他人留颜面，给自己留后路。

领会玩笑

成年人的世界里没有真正的玩笑,任何的玩笑都有认真的成分。只是,有时候听者可能不愿意去领会。

坦诚拒绝

有些事勉强应允不如坦诚拒绝。

守住沉默

智慧由听而得，悔恨由说而生；没有口才又不守沉默的人，会有大不幸。

眼　耳

我始终很好奇一件事情，就是为什么人的两只眼睛是平行的，看人时往往不平等；人的两只耳朵长在两面，却总爱听一面之词。

言行

去伪存真

我发现了一个怪现象，说真话的人，总是要像小人那样小心翼翼，而经常说假话的人却总是像君子那样义正词严。

问　答

高明的人问问题时已经告诉了你答案。同样，高明的人回答问题时从来不是自己在作答。

同 频

当一个人和你不在一个频率上时，就算你说的每一个字都有道理，他也听不进去。而且，你说得越有道理，他就越觉得你很烦。所以，与人交往选好频率很关键。

悟 做

没有哪个人一生都活得很清楚、很通透，在人生的某个时刻悟透某个道理，谁都会有这样的境遇，难的是悟到并做到了。这也成了区分人的层次的一大根源。

人要学会反省自己

我们经常会遇到这样的人,一言不合就恶语相向,或者诋毁谩骂,或者挖苦讽刺。实际上这种人是最肤浅的,他只会诋毁别人,不会反省自己,久而久之,最终害的不是自己吗?

言 行

贵为天子,未必真"贵";贱如匹夫,未必是"贱"。关键是看你的言行,怎样对人、对事。对需要帮助的人真诚奉献,这才是内心的财富,才是真财富。凡人视金钱为财富,但是你今天可能涨了,身价高很多,明天掉下去,可能一夜之间,财富减少一半,这种例子有的是。只有你做些让世人得益的事,这才是真财富,任何人都拿不走。

第二十一章

挫折与苦难

PAGE 288 | 态度人生
挫折与苦难 | 度过

〔度過〕

珍视艰难困苦

一切艰难困苦都是播种希望。

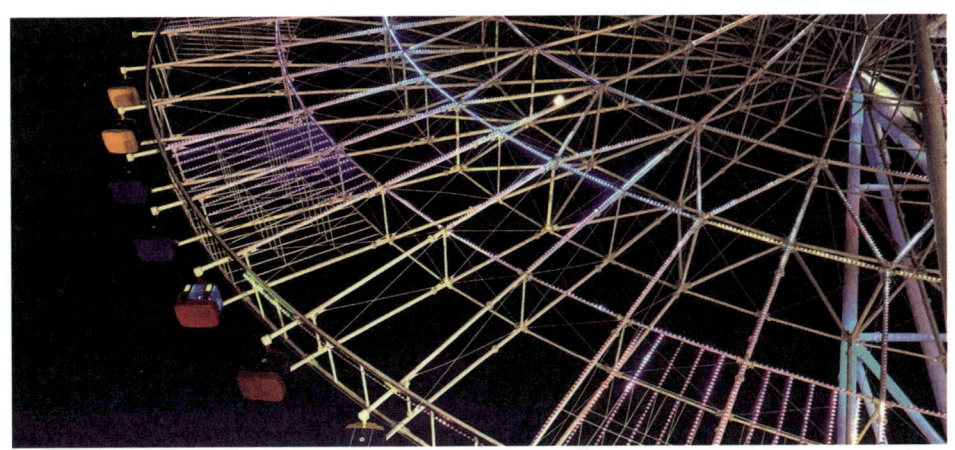

远离安逸舒适

一切安逸舒适都是衰败之象。

做精英就必经磨难

我们常听到"精英"这个词语,什么是精英?精英是一个民族的脊梁,他属于这个民族,也属于这个国家,更属于全人类。

每一个精英在成为精英的过程中,必然要经历磨难,甚至是劫难。所以,要想成为精英,一定不能轻言放弃,放弃了自己就是放弃了整个民族。

人要像梅花

人要像梅花一般，经得起严冬的磨炼。

一直处在安乐环境中的人，就像温室的花朵，难耐风雪的考验。

每一条通往阳光的大道都充满坎坷

每一条通往阳光的大道，都充满坎坷，每一条通向理想的途径，都充满了艰辛与汗水！

人生就是在度劫

生活给你的苦难，都是你今生要经历的劫，人生就是一场度劫的修行，一场与别人无关的独自修行。人生中的相遇，无论善缘恶缘，其实我们都是在度自己的劫，度过去了便是重生，度不过去你就会为生活所累。自己的劫自己度，没人能帮你，悲喜自度，他人难悟。悟通悟透，人自豁达！

正视失败

一个人的成功往往是从面对失败开始的。

面对失败与狼狈

我们拼命地学习如何成功冲刺一百米,但是没有人教过我们:你跌倒时,怎么跌得有尊严;你的膝盖破得血肉模糊时,怎么清洗伤口、怎么包扎;你一头栽下时,怎么治疗内心淌血的创痛,怎么获得心灵深层的平静;心像玻璃一样碎了一地时,怎么收拾。而这些才是我们的人生取得成功的关键。

挫折与苦难｜度过

一直迎接挑战

总希望一劳永逸，总想着迈过这个坎就豁然开朗了；认为也许达到某个高度，就高枕无忧了。这是错误的，我们这一辈子都在不断面对各种困难，只是阶段不同，困难的意义便有不同。要感谢困难，以后你会明白，人在安逸时是最容易被毁灭的，只有一直迎接挑战，才能生存。

多一些经历

人生并非坦途，只要你仍在行走，难免遇到磕磕碰碰，难免遭遇失败被人嘲笑。然而人最可悲的不是遇到失败，遇到失败至少证明你曾接近成功。最可悲的是什么都不曾经历，一年与一天没有任何区别。

超越困难便见成功

最困难的时候,也就是我们离成功不远的时候。

感恩困难助我成长

所有的困难注定都会灰飞烟灭,所以,请继续向前。请铭记,一切的发生都是为了帮助我们成长。

态度人生

挫折与苦难 | 度过

面对挫折，强弱有别

人生有顺境也有逆境，不可能处处是逆境；人生有巅峰也有低谷，不可能处处是低谷。因为顺境或巅峰而趾高气扬，因为逆境或低谷而垂头丧气，都是浅薄的人生。面对挫折，如果只是一味地抱怨、生气，那么你注定是个弱者。

接受缺憾

学会接受残缺，是人生的成熟。人无完人，缺憾是人生的常态。人生有成就有败，有聚就有散，没有谁能得天独厚，一手遮天。鱼和熊掌，不可得兼，这是人生的无奈。

苦 报

　　当你做事情，处处不顺，这时不要怨天尤人，应该好好反省自己以前嫉妒别人的过失，并去悔过。

适应世界

　　一个人不可能改变世界，世界也不会因你而改变。我们所能做的，就是适应这个世界，不钻牛角尖，不要对现状不满，不要和别人攀比。

有阴影的地方必定有光

有时候你以为天快要塌下来了,其实是自己站歪了。因为有阴影的地方,必定有光。

步履不停

永远不要认为我们可以逃避,我们的每一步都决定着最后的结局,我们的脚步正在走向我们自己选定的终点。

从曲折中汲取能量和养分

生命里某些当时充满怨怼的曲折,在后来好像都成了一种能量和养分,因为若非这些曲折,好像就不会在人生的岔路上遇见别人可能求之亦不得见的人与事,而这些人与那些事,经过时间的筛滤之后,几乎都只剩下笑与泪、感动与温暖,曾经的怨恨与屈辱,仿佛都已烟消云散。

承担苦难后果

只有敢于承担一切苦难后果的人,才可以最终成就一番大事业。

学会放弃

我们总是把永不放弃或者不轻易放弃作为一种美德教育我们的孩子,但有时候却忽略了教他学会放弃。实际上人生重要的是在面临各种事情时学会把握时机,做出选择。这也是我们一生的话题。

微笑面对

人生中，快乐带给我们愉悦，痛苦带给我们回味。真正的快乐，我们很难记起，但痛苦却往往难以忘却。既然痛苦不可避免，我们又无法抗拒，为什么不学会面带微笑迎接痛苦的来临呢？

与委屈相处

人生在世，注定要受许多委屈。而一个人越是成功，他所遭受的委屈也就越多。要使自己的生命获得价值，就不能太在乎委屈，不能让它们揪紧你的心灵、扰乱你的生活。要学会超然待之，学会转化势能。

认识痛苦

痛苦是会伴随人的一生的,这是我们要正确认识到的。其实,仔细想一想,痛何尝不是一种钙,它能让我们长久地挺立;苦何尝不是一味药,它能让我们顽强地支撑。所以,痛苦来了,要勇敢地吃下去。

迎难而上

我们遇到的一切事,没有一样是没有困难的,只要抱着信心和耐心去做,至少可以做出一些成绩。

磨难的意义

走过人生的大半，才真正明白"磨难"是人生最好的伴侣。人一切的心智、心性，都是从磨难中得来的。可以说，磨难就是导师，指引我们感悟真实的人间，升华境界，走向光明。

如果你的人生还没有经历真正的磨难，那你的心智一定还没有成熟，一旦有磨难来了，那是你的幸运。

拥抱黑暗

一棵大树向往高处的阳光，它的根就必须伸向黑暗的地底。人是不是也是一样？你想追逐光明，就要勇敢地拥抱黑暗。

感谢遭遇

在职场上或者生活里，我们可能会经常遭遇不顺或感觉不公，其实仔细想一想，若不是因为自己在遭遇不顺和不公时跨越了诸多障碍，我们可能永远无法看到自己无穷的潜力和坚强的意志。所以，要感谢这些不顺和不公，遇到不顺不公时，千万要抓住机会。

利弊都有利

人只要对成功坚信不疑，就一定能够成功。有很多些事都是信着信着就成功了。所以，在成功者的眼里，周围的一切都是有利条件。

临危不乱，保持优雅

一个人的勇气，是在艰难险阻重压下表现出的优雅。这种优雅是一个人最显魅力的地方。特别是面对紧急险难情况时，往往看出一个人的真实水平。

容纳悲苦，化解怨恨

人除了有生老病死等悲苦以外，人与境、人与事、人与心，甚至人与人的不协调，都会产生各种悲苦。其实面对各种不顺己意的境界，要能容它，而不要有怨。因为越是怨恨，越会苦上加苦，所以忍难忍之苦，要有容无怨。苦难折磨的人生，如磨刀之石：多一份苦难，便多一份坚忍；多一份折磨，便多一份毅力。

【升華】

平静地面对苦难

凤凰涅槃必须经历浴火重生。当苦难来临的时候,要勇敢面对,平静接受。只有在这件事上战胜自己,才能在其他事上战胜一切。

在磨难中成长

活着不是为了显示成功。只有经历过失败，才能懂得成功的艰辛。只有在磨难中锻炼成长，才会明白人生的曲折。

痛苦的意义

痛苦是智慧的第一道曙光，之所以这样说，是因为人生的道理，不是靠聪明能够理解的，靠的是痛苦后的彻悟。痛苦提升人的灵魂，痛苦又折磨人的肉体。因此智者只善待痛苦，不拥有痛苦。他们把痛苦视做人生不可缺少的一个季节，在它到来时，播撒成功的种子，在它离去时，报以幸福的微笑。你一旦在痛苦中发现意义，痛苦就不再是痛苦。

遭遇苦难也是财富

没有谁能随随便便成功,这话说得有理。

不经历苦难甚至迫害的人是不会成功的。因为迫害有时候正是给了你方向、给了你动力。有了方向,有了动力,也就有了成功的基础。

人生的考验

人生如大海,船过不留痕;人生如晴空,雁过不留声。人的一生,在每个阶段都会有不同的考验,如果你能经历逆境的淬炼,仍能破茧而出茁壮成长,那你就迈向成功之路了。

磨　炼

人经不起时间的磨炼，经不起挫折，要想有所成就是很难的。为人处世，一切都要能承受得起。心胸豁达开朗的人，凡事看得高远，不会被眼前的得失所蒙蔽；心中狭隘的人，则处处与人计较，徒增烦恼，往往不能成事。自古成大事者都是在苦难中磨炼出来的，我们人生所追求的一切都是这个过程。

沉默的时光

我们不妨看一看优秀的人,在成功的路上都会有一段沉默的时光。那一段时光,是付出了很多努力,忍受孤独和寂寞,甚至诋毁和谩骂。日后说起时,连自己都能被那段时光感动!

曲线美

在经历了无数的事情之后渐渐发现，人生的真谛是在曲线中悟道，在直线中容易得意忘形。曲线是通向灵性之门的捷径。人要学会在曲线中找到乐趣，在曲线中发现美，生活的哲理就藏在曲线中。所以，要善于从曲线中发现人生的奥秘。

领 悟

在这个世界上，没有一劳永逸完美无缺的选择。你不可能同时拥有春花和秋月，不可能同时拥有硕果和繁花。不可能所有的好处都是你的。所以，我们要学习并领悟放下一些什么，然后才可能得到些什么。要学习并领悟生命的残缺和悲哀，然后，心平气和。

经历苦难是成长的必经之路

很多时候苦难往往是促使我们成长的重要途径。事实上，我们每一个目标的实现，就得经历一定的磨炼。不经历一定的磨炼，就像行走在又干又硬的地面，是不会留下痕迹的。毕竟，泥泞的路上才能留下脚印。

厚积薄发

要想冲得远，需要退一步做好准备；要想给对手致命一击，拳头总是要先收回来。所以，退不是畏缩，也不是妥协。相反，这是一种练达的生活态度，也是进步的必然选择。

成长道路上的沟坎

人生没有过不去的坎，所有的困难都会灰飞烟灭。所以，请继续向前，一切的发生都是为了帮助我们成长。人一旦有了这个信念，成功就不远了。

坎

人只要活着在这个世界上做事情，总要面临各种困境的挑战，有时候可以说困境就是"鬼门关"。普通人会在困境面前浑身发抖，而成大事者则能把困境变为成功的有力跳板。这就是人与人之间的差别，没有过不去的坎，只有过不去坎的人。

日常生活里，我们往往不是没能力看透一些事情，而只是因心太乱。诸葛亮在《诫子书》中说："非淡泊无以明志，非宁静无以致远"。的确如此，静能生智。遇到难事、大事时，把自己关起来，真正沉淀自己的心，就一切都变得清晰透明起来了。

败不馁

人这一生,最值得欣慰的事情不是从不失败,而是每一次在失败后爬起来的成功。

快乐的源泉

在生命的过程中遇到不如意的事是很正常的,没有一个人会一生都如意美满。重要的是,不要使那些不如意成为我们生命中的主导,而应该让其成为我们生命中的动力,以坎坷来增长我们的智慧,如此,我们就能获得生命真正快乐的源泉了。

第二十二章

成事

【積累】

积跬步至千里

人们经常抱怨世界是不公平的，其实还是公平的，用心做事的人一定就会成功，凡事多走一步，无论干什么都会拼出不平凡的人生。因为你向世界多走一步，世界就会向你走近一步。你的态度，就是你的人生。

安静做事

生命虽然充满苦恼,但也满载着奇迹。如果你要做一件事,请不要炫耀,也不要宣扬,只管安安静静去做。因为那是你自己的事,别人不知道你的情况,也不可能帮你实现理想。

熬

成功不是一蹴而就的,而是一步一步熬出来的。成功的人懂得熬,所以成功;失败的人只会逃避困难,所以失败。要有所激发和有所逼迫,被击败、被轻视、被羞辱,未必是坏事,反而因此被激发小宇宙,逼出战斗力,往往能成大事。

成事｜积累

忙有好几种

同样是忙，有的人忙得一团混乱，忙得很辛苦；有智慧的人，按部就班，忙得气定神闲。所谓"人忙心不忙"，有的人懂得交办，有的人懂得授权，有的人懂得分工，有的人懂得指挥。很多复杂的事务，经过能干的人化繁就简、提纲挈领，虽然事情多，但一点也不觉得忙。因此，懂得忙中偷闲的人，就是再忙也有安闲的时刻，不至于忙得讨厌生活、讨厌忙。他反而喜爱忙，从忙的当中只觉得人生很充实。这样的忙，人生会活得很有意义。

时间应当放在哪？

把时间放在脸上，成就了美女。把时间放在学习上，成就了智慧；把时间用在市场上，成就了经营；把时间用在家庭上，成就了亲情；把时间放在牌场上，成就了赌徒；把时间放在酒场上，成就了酒鬼。时间是公平的，心在哪，时间在哪，行动在哪，收获就在哪！

交给时间

许多不管怎么做、怎么想都没结果的事，要懂得交给时间。有些事，无论你怎么努力，怎么勉强，时间不够，还得耐心地等待。

安静做事，让时间证明

如果你要做一件事，不要到处宣扬自己的想法，只管安安静静地去做，值不值，时间是最好的证明，自己的人生，得自己负责。

成事 | 积累

让时间有意义

你过得太闲,才有时间执着在无意义的事情上,才有时间无病呻吟。你看那些忙碌的人,他们的时间都花在努力上。

忙起来,闲下去

现在的人普遍很忙,有时候会听到有人总是在不停地抱怨。其实,人生是需要"忙"的。忙,赋予人生以追求;忙,使人们的生活丰满而充实。但是,只有"忙"没有"闲"的人生,也不足取。"忙起来"有收获,给我们带来的是现实意义,"闲下来"有思考,才会发现人生的终极价值。

付出才有回报

"要想人前显贵,就要背后受罪"。这绝对是一句至理名言。千万不要觉得别人比你运气好,好运气的背后都是默默地付出。

态度人生 | 成事 | 积累

沉 淀

　　人要想有所成就，需要沉淀，也需要历练。要有足够的时间去反思，也要有足够的阅历去成长，这样才能让自己变得睿智，具有成熟淡然的魅力，从而有了成事的基础和本领。

统 治

今天看到"统治"这个词的解释仿佛有点领悟。我们古汉语的表意是很精准的。统是统,治是治,属于两个概念。古代封建王朝帝王负责统,大臣负责治。统的人不一定完全懂得治的理,但需要会用人、会平衡,懂权术,不需要他去治。回看历史上的明君,无一不是善统之人。而今天有很多人是不明白这个道理的。外行人指挥内行人的现象比比皆是,内行人把外行人的指示尊为真理的也比比皆是。这的确有点麻烦!

天道酬勤

"天道酬勤"这个道理在我们今天看来,似乎有些人常常藐视,总觉得天性愚笨的人才需要"勤",总觉得有些人的成功只不过是踩上了风口,似乎很简单。其实他们错了。因为,那些成功人士"勤"的"点"是不容易被发现的,因为大多都在漫长的暗夜里、都在无声的角落里。

勤奋是最宝贵的品质

一个人如若成功，具备的品质有千千万，如果"勤"字要说第二，恐怕没有其他敢说第一！

用心做事

做任何事都得用心。

不管是工作中还是人际交往中，你到底是尽职尽责还是在应付差事，是推心置腹还是虚与委蛇，不仅你自己明白，别人也都看得清清楚楚。

所以，用心的人才会成功。

人要有理想

一个人没有理想，即使想变得更好，也不知道该朝什么方向努力，这才是最空虚和危险的时期。但有了理想，即使还没办法实现，也会心有所向，激发斗志。剩下的，就只是时间和努力了。

能扛事的人

一个能扛事的人，就像一棵大树，历经四季的风吹雨打，依旧挺立。能扛事，是气魄，也是一种独特的魅力。

追 求

人总是在追求缺少的那一部分，当然有时候拥有了还不知道。

付出不求回报

如果付出了什么，立刻就希望得到回报，那只是在给自己找麻烦，对待给予的最好态度是，把给出去的东西当作泼出去的水，不再去想它，心里不留丝毫牵挂。

全心投入

做一件事的时候,心里有烦恼障碍,就很难做好。如若不吝付出,也不会去计较得失,能够全心投入地去做,结果自然会是最好。

努力的意义

所有的努力,不是为了让别人觉得你了不起,而是为了能让自己打心眼里看得起自己。

励志的人

和那些比你有钱，比你优秀，比你有能力，还比你努力的人做朋友是很有压力的。跟他们在一起，你不努力都会不好意思。如果你方圆一里内都没有一个励志的人，那么你就要考虑换一个环境了。

理智先行

一个涵养深厚的人，用理智驾驭情绪的能力必然很强。在直面事情时，能冷静沉着，遇变不惊。

限制自己

一个善于限制自己的人，才有望成功。

纯 粹

一个人不想攀高就不怕下跌，也不用倾轧排挤，可以保其天真，成其自然，潜心一志完成自己能做的事。

遇事不慌才能成就大事

一个人肩负的责任越大,在关键的时刻越不能慌乱,即使是装也装得很像。给自己一点时间,也给跟随你的人一点信心。这一点,也是一个人能否担得了大事的标志。

保持冷静

在人生的道路上,无论处在高峰还是处在低谷,都必须保持冷静。冷静使人清醒,冷静使人聪慧,冷静使人沉着,冷静使人理智稳健,冷静使人宽厚豁达,冷静使人有条不紊,冷静使人少犯错误,冷静使人心有灵犀,冷静使人高瞻远瞩。

知道自己的位置

任何一个人都要知道自己的位置,就像一个人知道自己的脸面一样,这是最为清醒的自觉。

能屈能伸,可方可圆

成就大事业的人,都是能屈能伸,可方可圆的人,他们外表大度圆融,内心见棱见角。所以,想成事者要修炼自己,使自己能屈能伸,可方可圆。

外圆内方

做人，不可不圆，也不可太圆。不圆与人难以相交，处事难以成功。太圆，又会使人不敢轻易接近。所以，外圆内方，方圆有度，才是处世之道。当然，这也是人活一世需要研究的学问。

有所畏惧

有所畏惧，是做人最基本的良心准则。

让心性成为习惯

细心的人也许会发现，人的心总是会本能地往舒适区跑。有时候不经意间我们就"堕落"了，而且还很不愿意回头。人越是贪恋舒服，就越不会成长，甚至还会更加肤浅浮躁。要扭转这种状况，就应当逆着自己的性子来，越不想做什么，就越要耐着性子去做。只有这样，才能磨砺自己的心性。当心性成为习惯，我们做事情才可能有很大的收获，我们的人生才会不一样。

处事不惊,临危不惧

　　处事不惊的背后是大智慧的支撑,临危不惧的前提是本领的强大。如果你做不到处事不惊、临危不惧,那是因为你缺少智慧、本领还不强,还需要补课,需要修炼。

风 险

  人生在世，处处都存在着风险。我们应该承担合理的风险。做事时要有胆量，敢于冒合理的风险。所以，在思考一件事时，只要预估到有七成把握，就应该下定决心去做。你不可能计算到有十分把握或九分把握才去做事情，因为任何一件事，若你计算到九分把握才去做，往往已经太晚，机会已经不存在了。

能 力

　　很多时候能力都是慢慢养成的,如果从一开始自己的态度就不端正,那恐怕后面的收获会比较少,做事前都是抱着学习的态度,那必然能从中得到收获,个人成长自然而然也会更快,态度是做事首要的注意事项,努力踏实做事才能快速提升自己的能力。

现在就做

　　有些事情,现在不去做,以后很有可能永远也做不了。不是没时间,就是因为有时间,你才会一拖再拖。

心动不如行动

在竞争日益激烈的社会中生存,要懂得心动不如行动。因为,心动只能让你终日沉浸在幻想之中,而行动才能让你最终走向成功。所以,做人一定不要仅是心动,而要采取果断的行动。道理不必听太多,若能身体力行,简单的一句,就能启发真正的成功。

正确地做正确的事

正确地做不正确的事,这是勤奋的失败者;不正确地做正确的事,这是徒劳的失败者;不正确地做不正确的事,这是彻底的失败者;正确地做正确的事,这是真正的成功者。

来事不慌，遇事能扛，事过能忘

我们如何评价一个人？实际上我们能看到的就是他遇事的反应。一个人遇到不同的事时不同的反应的集合，就是这个人的人格的全部，里面藏着他的学识、见识、品格和修养。一个人能成就多大的事业，取决于他遇事的反应，也可以称之为处事的能力。一个来事不慌、遇事能扛、事过能忘的人，一定是一个能成就大事的人。

权 衡

人要想成事，最强的本领不是做事的技巧，而是会权衡。做任何事固然都有技巧，但权衡利弊、取舍得当才是最终成就大事的根本所在。

把握成事之机

什么时候都可做的事，往往会做不成。有些事必须得一定的时机。所谓天时地利人和，所谓水到渠成，都是说的这个道理。只是有时候很多人忽略了这一点，以为自己无所不能而已。

做最坏的打算并拿出应对策略

人的一辈子会遇到许许多多的困难，你永远不知道哪一次是最大的考验，你能做的就是做最坏的打算，然后积极地准备应对策略。

求人不如求己

生活中,我们往往选择崇拜别人、羡慕别人能成事,把"求人"看作是成就自己的重要砝码。殊不知,"求人不如求己",很多时候,人的成功,源于个人的身体力行、坚定的信念和奋斗的毅力。

成功的捷径

所谓成功的捷径,就是少走一些弯路,少一些失败。最好的方法:一是借鉴历史;二是借鉴他人;三是一步一个脚印。

缓一缓

有时候，有些事放一放也是一种智慧，不要急于下结论，也不要急于做决定。缓一缓可能会有新的转机。

人要善假于物

善于发现别人的优点,并把它转化为自己的长处,你就会成为聪明人;善于把握人生机遇,并把它转化为自己的机遇,你就会成为优秀者。对他人的成功像对待自己的成功一样充满热情,学最好的别人,做最好的自己。

停下脚步有时候也会有收获

在你身边飞舞的蝴蝶,你越是追得急,它越是飞得远。有时候你驻足不动,它反而飞回到你的身旁,悠然停在你的肩膀上。追求智慧也是如此,有时你只需停住匆匆的脚步,转身就看到了。

做有意义的事情

对自己所走的路失去了信心,心就会抗拒、徘徊,行为就会软弱无力,一切看似合理的理由都是在找借口而已。我们做一件事,最重要的不是兴趣,而是意义。越是有意义的事情,困难会越多,这就要靠我们的愿力与智慧去面对,愿力决定始终,智慧决定成败。

人与人的区别

人与人之间的能力并没有很大区别,真正区分开人的是他的眼界以及努力程度。

门槛论

所谓门槛,能力够了就是门,能力不够就是槛。

格局要大

不是谁的声音越大,谁就越有道理。而是谁的格局越大,谁就收获更多。

急不来

有些事情是急不来的,等到条件成熟时,自然水到渠成。

转 化

人生的顺境、逆境都很多。人处逆境、失意时固然令人沮丧、烦恼，但是处在顺境时，如果执着、害怕失去，也会被顺境所困。这就如同铁链子能锁住人，金链子一样会束缚人的道理是一样的。所以人生不管遇顺、遇逆，要懂得转化。在不利时看到有利，在有利时看到不利。

不断选择

人生就是不断选择的过程，过去的选择造就了现在，现在的选择将决定未来。所以，你的选择，就是你的世界；你的世界，就是你的选择。

播撒种子

　　花园里那些让人分不清楚的花种，实际上有着很大的差别。我们想种出什么颜色的花，并不在于后期如何努力地浇水和施肥，而完全取决于播撒什么样子的种子。

　　很多事物也像种子一样会发芽、结果。所以，播撒我们种子的时候，一定要记得想想它的果实是什么。

放　缓

　　小事讲效率，大事讲质量，这是成事之基。越是大事越不能着急，遇事不着急，就能少一份冲动、多一份理智；对人不着急，就能少一份苛刻、多一份宽容。

利用现有的

有时候把太多的精力放在自己的所缺上，会制造紧张、不安和怨愤。不如多去思考，怎么利用现有的条件做些什么。

三个错误不能犯

古人早已告诉我们，人有三个基本的错误不能犯：一是德薄而位尊，二是智小而谋大，三是力小而任重。但是现在有多少人在犯这样的错误啊。所以，要想成就一番事业，千万不能忘记时刻都要修德、明智、强力。

手脚干出来的成绩才最真实

人只有靠自己的双脚走出来的路，才最坚实；只有靠自己的双手开拓的生活，才最幸福。这话听起来虽然有些鸡汤味道，但是很实在。

重 要

我们人这一生，想得到的东西很多，但是一定要知道什么东西是最需要的；同样，人生的不管什么东西，我们都不想失去，但一定要知道什么东西是最重要的。

成 事

人生最高兴、最自豪、最轻松、最满意的时候，就是刚刚完成了一件大事、要事、好事、难事的那一个时刻。这说明什么？说明人活一世，成事才是价值所在。

做别人不愿意做的事

其实看一看每一个成功的人，他们大都是做了别人不愿意做的事，做了别人不敢做的事，做了别人做不到的事。

成 熟

人在这个世界上要想"有所事事"就不可能不受伤。但是，要记住无论什么时候，真正能够治愈自己的只有自己。所以，我们永远都不要去抱怨。身处低谷时，要把痛藏好，把嘴闭上，不要轻易打扰别人。只有小孩子才会到处诉苦，成年人得学会自己扛。

专注于一个领域

一个人即使能力再大，他的时间、精力和心气也是有限的。所以，我们要专注于在一个领域做事，形成自己的专业优势，只有这样才能在重大问题上形成自己的思路，作出准确的决策。

过滤无用信息

现如今这个社会五花八门的东西太多,每天进入我们大脑的信息也是无穷无尽。所以,一定要给自己加装一个过滤器、设置一道防火墙,把垃圾过滤掉,把不好的东西挡在外边。否则,你很可能被垃圾信息弄得头昏脑涨!

兴趣是最好的老师

有人说不管做什么,兴趣是最好的老师。这话没错。但是要知道做事最重要的不是兴趣,而是意义。

眼 光

何谓眼光？就是总能从一些现象中捕捉到这些事情发生的可能性，从而早作准备，等到瓜熟蒂落之时便是成功之日。

得偿所愿在自己

我们一直寻找的，可能就是自己原本早已拥有的。我们总是东张西望，唯独漏了自己想要的，这就是人总是难以如愿以偿的原因。懂了这个道理，就领会了人生的真谛。

付出终有回报

当你觉得自己的付出还没有得到回报的时候,请再耐心地等等看吧,属于你的时刻总会到来。

角 色

在这个世界上,我们都扮演着不同的角色。不管哪个角色,我们都要尽力扮演好,充分去体验,但不要执着!

不要在心浮气躁时做决定

一个人心浮气躁时,方寸已乱,必然会导致举止失常,进退无据,会失去正确的判断力。反之,心静神定,泰然自若,你便听不到外界的喧嚣和嘈杂,为人处世就不会失于轻率。所以,千万不要在心浮气躁时做决定,等自己静下心来以后,再考虑事情该怎么办!

逃 避

人,只要有努力工作和愿意为别人付出的心,一生中就不会有困难。因为,这个世界上根本就不存在困难,困难都是逃避的结果。

靠实力说话

不管身处什么圈子，混久了大概都会发现一个社会现实：那就是维持良好人际关系的关键，并不在于自己对他人的友善程度，而是在于自己的实力。你的实力越强，人们普遍会对你越宽容；你的实力越弱，即使很友善，也会让人觉得你是在谄媚。

舍下面子

关于面子和挣钱，这段话说得很有意思也很深刻，如果你是在生意场上打拼的人，可以记下来。"当你放下面子赚钱的时候，说明你已经懂事了；当你用钱赚回面子的时候，说明你已经成功了；当你用面子可以赚钱的时候，说明你已经是人物了；当你还停留在那里喝酒、吹牛，啥也不懂还装懂，只爱所谓的面子的时候，说明你这辈子也就这样了。"

手脚并用才能平稳向前

我们人生中的很多事特别像骑自行车,要想保持平衡,仅靠手扶车把是不行的,必须用脚使劲蹬起来,跑起来了才能平衡。

侥幸和鲁莽

人千万不要把侥幸当本领,也不要把鲁莽当勇气。虽然有时候它们也决定了成败。

成 长

笑脸相迎你最讨厌的人,可能是这个世界上最痛苦的事,但这也是一种成长。

三种人

我们这个社会有三种人,第一种人是改变,第二种人是适应,第三种人是抱怨。改变的人永远在改变,抱怨的人永远在抱怨。

无知和冲动

无知和冲动是人生的禁忌,也是人性的弱点,我们要永远防着,千万不要被这两者加害。

身怀霸气

我们生活的这个世界有好人也有坏人,或者叫小人,这不可否认。所以我们应该有一身正气,还应该有一点霸气。因为有时候需要霸气才能震慑住坏人,才能让正气永存。

优秀一点点

其实人和人差别不大,成功的人也就是比没成功的人优秀了那么一点点。所谓过人之处,其实就是那一点点。

第一印象

人都有以第一印象定好坏的习惯,觉得一个人好就会爱屋及乌,觉得一个人不好时就会全盘否定。所以,我们要认清这件事,如果有必要给对方一个好印象,那就拿出自己好的一面。

成为一个有价值的人

记得爱因斯坦有句话:"不要努力成为一个成功者,要努力成为一个有价值的人。"因为成功没有统一的标准,自认为成功,别人不一定也认为;别人觉得你成功,自己未必有同感。而且所谓的成功人士大都是"其兴也勃焉,其亡也忽焉",很容易被时代的潮流所淹没。而成为一个有价值的人,大家都会投来尊敬的目光,历史也会铭记。

先有地位才有公平

我们经常探讨公平的话题。什么是公平?我觉得一个人不努力,永远不会有人对他公平。只有努力了,有了资源,有了话语权以后,才可能为自己争取到公平。

善于利用资源

不管是在哪方面有所成就的人,并不是他掌握的资源比别人多,而是他利用资源的能力比别人强。这样的人就可以称之为人生赢家。

感激运气

我们要感激运气,但是永远不要去依赖它,指望着运气随时会有。因为运气不是凭空而生的,也是各种机缘构成的。只是大多数时候我们没有琢磨透彻而已。

成事 | 能巧

修方便行走的人生技能

我们不能纠正世界上每一个人,让天下太平。正如我们不能移去全世界的石头和荆棘,使所有的路平坦。所以,要想走得平稳,就得穿一双合适的鞋子。

第二十三章

学无止境

| PAGE 362 | 态度人生
学无止境

学 习

当你学得越多,你会发现懂得越少,知识的海洋无边无际,我们永远都有新的东西要学,如果你喜欢接受挑战,你永远不会沉闷。

人的差别

　　人和人在肉体上没差别，都是一两百斤，在生物学上是一样的，差别是在灵魂上，你的精神世界有多大，你的视野就有多大，你的事业就有多大。一个人事业的边界在内心，要想保证事业的边界不断增长，就必须扩大你心灵的边界，学习是唯的一途径。

态度人生

学无止境

静心学习

在这个信息爆炸的时代,能让我们产生动摇的信息太多,我们一直徘徊在信息海洋中,势必会迷失自己,最好的方法是静下心来,找几个学习的方向,好好学习掌握,利用宝贵的时间和精力,沉下心来提升自己的能力。

坚持学习

坚持是做成任何事情的品质。

努力的人千千万，最后真正成功的还是绝少数，决定结果的因素非常多，太过放大个人努力对于结果的左右能力实在不够理智，也会给很多本身并不适合某种学习方法的人带来负面影响。学习就是积累，学习就是重复，学习就是循环，学习就是步入"会、熟、精、绝、化"的阶梯。

举一反三

孔子要求学生学习知识时，要在乐学善思、融会贯通的基础上"举一反三"，他说"不愤不启，不悱不发。举一隅不以三隅反，则不复也"。他要求人们不仅要"闻一以知二"，还要"闻一以知十"，要在对已有知识理解掌握的基础上，去获得更多更新的知识。把知识学活，由已知类推未知，由此及彼，在对知识规律把握的基础上触类旁通，将事半功倍。

知海知鱼方能捕鱼

渔夫出海想要捕到更多的鱼，他们不但要对大海有所了解，也要对每种鱼的习性有深入的了解。有哪些鱼是喜欢在这一片水域出没的，有哪些鱼是在某个时间段出来活动的，只有清楚地掌握了这些，才能够捕到尽可能多的鱼，进而才能广撒网。并不是说在什么都不了解的情况下，就把渔网撒出去。学习和捕鱼一样，一定要有目的性，你才能够知道如何去学，以及学到什么程度。

方向更重要

　　孔子说他自己"十五而志于学",这仿佛与我们现在的理解有所差异。实际上所谓的"志于学"就是在做学问上立志了,已经有所悟了。我们现今社会的孩子们大概不到五岁就开始参加各种学习班了,而且各种"神童"也是层出不穷。但不管如何,在二十岁之前就是要做好学生,学生的本分就是学习。当然这个学习既包括学知识,也包括学做人,两者无法说哪个更重要,大概是同等的,但在某种程度上可以说做人更重要些。

学无止境

读 书

我们都知道读书是很重要的，除了学知识还可以长智慧。知识的书让我们越学越明白，智慧的书则不然，总是要经历明白－糊涂－明白，以至无穷尽的状态。不知道有没有人与我有同感？

全 才

全才是不存在的。从某种程度上说，全才就是庸才。所以，在某方面有绝活儿的人应该予以重视。

听老人言

我们常常说"不听老人言，吃亏在眼前"，其实这里的"老人"真正所指的就是老子、孔子等历史"老人"，或者说是历史流传下来的名言警句。

的确，如果我们真正能按圣贤所教诲的去做去为，也不会走弯路，真的不会吃亏。儒家有句话说："君子有三畏：畏天命，畏大人，畏圣人之言"。这里的畏天命是说人应敬畏天道。再比如，道家有说："天道无亲，常与善人"，是说天道无情，没有亲疏，但只要你是善的它就帮助你。所以，我们还是应该多读一些圣贤的书，多听一听圣贤的话，人生才会少走弯路。

第二十四章

高人

什么是智者？

吃亏是聪明人，能吃亏是智者；拿得起是聪明人，放得下是智者；注重细节的是聪明人，关注整体的是智者；想改变别人的是聪明人，顺其自然的是智者；聪明人耳聪目明，智慧者慧由心生；聪明人做生意力争笔笔赚钱，智慧者得失荣辱从不斤斤计较；聪明天生而来，智慧后天而至。

高人

高人一筹

什么是高人？我觉得高人不是高人一等，而是高人一筹。看起来总是高人一等的人不见得都是高人，看事情总是高人一筹的人才是真正的高人。

层级高的人

眼界决定态度，层次越低的人越守着自己那点利益不放；而层次高的人，他明白"赠人玫瑰，手有余香"的道理，更愿意付出和分享。

智慧之人每日自省

　　一个人有了过错并不可怕,只要能够及时改正就无大碍,可怕的是不愿意接受别人的批评意见,从而由小错到大错,由大错到不可救药。中国古人常说:"人非圣贤,孰能无过。"一个人每天都能反省、检讨、改过,就是有智慧的人。

转化势能

人生在世，注定要受许多委屈。

而一个人越是成功，他所遭受的委屈就越多。要使自己的生命获得价值，就不能太在乎委屈，不能让它们束缚你的心灵，扰乱你的生活。要学会超然待之，要学会转化势能，要使自己成为一个智者。

伟大的人都不是短见的人

古今中外，许多被后世认为十分伟大，能影响千秋万世的人物，在当时大多数都是凄凉寂寞的。因为他们在生前不短见不唯利是图，对自己个人，对国家大事，都是如此。

凡人与高人的差别

有远见者，看未来而不看眼前；有抱负者，积德业而不积盛名；有作为者，争千秋而不争一时；有宏愿者，为大众而不为自己。这就是凡人与高人的差别所在。

精　英

《史记》里有句话说："论至德者不和于俗，成大功者不谋于众。"意思是有高尚品德的人是不会与凡俗之人随声附和的，能成就伟大功业的人是不会与众人商议的。这句话的确抓住了问题的根本。这样的人我们今天称之为"精英"，精英之所以成为精英，就是他们具备了看问题、做事情的终极能力。我们的社会应该尊重、关爱每一个精英。精英多了社会才会发展，民族才有希望。

高人

骨 气

中国自古就教人应当有骨气。骨气是什么？是流淌在血液里的志气，是不畏一切。所以，我想是不是有骨气的人多了，我们这个社会才会稳当，反之就会坍塌？

真正的实力

一个人的精力毕竟是有限的，不可能在任何事上都有所建树。所以，表面上无所不能的人，恐怕并不一定都是真的。

能 人

能受苦乃为志士,肯吃亏不是痴人,敬君子方显有德,怕小人不算无能。

水平高的人

我倒是觉得一个人水平高,不是出口成章,说出许多深刻的道理或者是思想境界达到很高,而是待人接物让人舒适,并且不卑不亢。

对 错

世界上没有对的人和错的人之分，只有聪明的人和不聪明的人之别。

同样，世界上也没有正确的事情和错误的事情之分，一时的对错只是评判标准在起作用而已。

谦 卑

为什么要谦卑？因为我们没有什么可骄傲的。为什么要自尊？因为我们没有什么可怯懦的。一个伟大的人物，一定是谦卑的，不成熟的人才会趾高气扬！

才、成大与小

大才朴实无华，小才华而不实；大成者谦逊平和，小成者不可一世。

大智者必谦和

大智者必谦和，大善者必宽容，唯有小智者才咄咄逼人，小善者才斤斤计较；大气象者，不讲排场；讲大排场者，露小气象。

第二十五章

领导魅力

刚柔并济

古人说"慈不带兵，义不行贾"。作为一个领导者，必须是剑胆琴心，是一头仁慈的狮子，是一个"两面人"。嘻嘻哈哈是形成不了战斗力的，关键时刻必须有雷霆手段，但是有的时候也须有菩萨心肠，和风细雨。

一个被人愿意追随的领导者

一个好的领导者一定是一个意志坚定的人,也就是一旦拿定主意就具有力排众议的定力。因为要想成为别人的主心骨,自己必须有主见,关键时刻得让追随者吃下定心丸。一个摇摆不定的人不可能有追随者。

塑造权威

我常想这个世界的真相和本质是什么?当我们在一定的范围内做到权威的时候,一切的跟随者、旁观者都会向你看齐。说出的话、做出的事无论对错都有人为之辩护,极力证明这是对的。当你无法掌握权威的时候,恐怕就会是反的。这难道就是人心和人性吗?这个世界的真相和本质大概也就在此,游戏规则、价值评判标准都掌握在权威者手里。

领袖要维护多数人的利益

什么样的人可以当一个组织的领袖？那就是他的存在总是在维护多数人的利益，而不是只为了自己或者某几个人的利益。

有自己的思路

作为一个领导者，最关键的是要有自己的思路，并且要把自己的思路变成具体方案推行下去。

捕捉有利点

任何事情的发生,都有其有利点和不利点。所以,当内部环境或外部环境发生改变的时候,作为领导者要善于捕捉有利的,并且还要把不利的转化为有利的。

创新就是提高效率

所谓的创新,就是当周围的情况发生变化时,你有办法去应对,或者说对于某项正常运行的工作,你有更好的办法让它的效率更高。

有效管理

　　管理过程中,要善于通过正常点来寻找不正常点,还要通过不正常点来寻求突破点。

组织中的存在感

　　在一个组织里,当有你和没有你一样的时候,就是你自己把自己赶出去的时候。

下篇 通悟

第二十六章

国与家

家国天下

我们常说："修身、齐家、治国、平天下。"这是告诉我们，有了智慧要学会从我做起。从我做起，就会影响到一个家庭。家庭和睦了，就像一个国家，家和万事兴，这个国家就会安定。国家安定了，对于世界和平就会有贡献。我们也可以这样来说，天下太平了，我们的国家就会好，因为可以远离战争；国家安定了，我们的家庭就会好；家庭好，我们个人就会好。

态度人生　389 PAGE
国与家

事业与家庭

  一个人为什么要努力？为一份长久的事业，为一对操劳的父母，为一场纯粹的感情，也为一个更好的自己。左手事业，右手家庭。事业给你成就感，家庭带来内心的安稳。虽然未来总是未知，但只要你肯努力，你想要的，岁月都会给你。

人要有所牵挂

有所牵挂，总是一种幸福。无论牵挂别人，还是被别人牵挂。亦不论亲情、友情，还是爱情。有牵挂、有回应，夫复何求？

不要忘记回家的路

人一生中要走很多路：有一条路不能回头，就是放弃的路；有一条路不能拒绝，就是成长的路；有一条路不能迷失，就是信念的路；有一条路不能停滞，就是奋斗的路；有一条路不能忘记，就是回家的路。

没有任何家庭是完美的

  我们的上一代，是这样的一群人：他们大多数人吃了许多苦，选择也不多。经历了单一的生活，觉得安全感是很重要的。生活背景不一样是导致很多家庭亲子之间沟通不到位的原因之一。沟通时，别试图用语言去动摇父母长达数十年锤炼出来的价值观，没有人会愿意听几句话就改变自己的人生信条、承认自己的许多坚持需要改变。没有任何家庭是完美的，你的家庭不需要满足任何想象中的或者外界对美好家庭的期望，你和家人共同努力的目标是让身处其中的你们觉得足够好，这就可以了。

国与家

在家只讲情

大概每个人都会认同，家里不是讲道理的地方，而是讲情的地方。但并不是每个人都能做到，一味讲对错的人往往无法从家庭里感受到幸福，人生也总是有所缺失。

当家人

作为一个男人，当家是必然的。但是作为当家人，必须要心中装着这个家，柴米油盐酱醋茶，各种所需所求心中应当有数，怎么获取，怎么使用，怎么未雨绸缪，必须一一安排妥当。否则你当不了这个家。

人要胸怀大义

人应该胸怀大义,要紧的就是要胸怀民族的大义。如果没有这一情怀,终究会成为历史的罪人。

第二十七章

人生与生活

人生 生活

人生,就是一边拥有,一边失去;一边选择,一边放弃。

生活,就是日复一日,年复一年;忘掉过去,迎接明天。

人生与生活

不求答案

回过头来看过往的事情,有太多的"为什么"没有答案,也有太多的答案没有为什么,所以有些追问是没有意义的。

人生、岁月与生命

人生,总有许多沟坎要跨越,岁月,总有许多遗憾要弥补,生命,总有许多迷茫要领悟。

【态度人生】

躺 平？

"躺平"的人生不能算是真正的人生。无原则"躺平"的人就是这个社会的败类。

人生与生活 | 态度人生

人生在不断成长

  关于过去、现在和将来，不同的人会有不同的看法，不同的看法也成就了不同的人生。总是计较过去的人，说明他还没有得到足够的成长；总是怀疑现在的人，说明他活得还不够通透；总是担心未来的人，说明他与豁达还有一定的距离。

多看几步

有时候人生和下棋真的很相似,走一步看几步代表一个人的能力。有的人走一步看一步,有的人走一步看好几步,于是走着走着人生的格局也就区分出来了。

格 局

生命给予人最不动声色的礼物,便是以柔克刚的温柔。不是谁的声音越大,谁就越有道理。而是谁的格局越大,谁就收获更多。喜欢贪小便宜的人,往往成不了大气候;不介意吃小亏的人,往往不会吃大亏。你爱什么,你就是什么。

人生在于向前

人生的目标，在于向前，也在于拐弯。人生的成长，在于学习，也在于经历。羡慕只有配上行动力才有意义，想遇到想象中的人，就得让自己接近想象中的自己；想拥有不曾有过的生活，就得做以前不曾做过的事。

人生的每个阶段都不可逾越

人生漫漫，不过百年。这一百年又被我们人为地划分成了若干阶段，不管这些阶段人们如何来认识，每一个都是无法逾越的。

这就是人生！

二十岁应该干什么

  二十岁的年轻人,是身上压力最小的时候,也是心气最浮躁的时候。这个年纪,很容易陷入"这山望着那山高"的陷阱。羡慕别人拥有的,盯着不切实际的,从不想想适合自己的。结果就是做任何事情都是浅尝辄止,等到回过头时,已经浪费了最宝贵的时间。二十岁,最重要的就是不羡慕别人的生活,找到适合自己的东西。认准了方向,再苦再难都咬牙坚持下去。岳飞的《满江红》中有句话说得好:"莫等闲,白了少年头,空悲切。"你在二十岁打下的坚实的基础,都可以成为你未来路上惊喜的铺垫。二十岁,别想太多,做了再说。脚踏实地、勤勉努力,你就已经超过了绝大多数同龄人。

三十岁应该干什么

近代著名作家钱锺书先生说过一句话:"二十不狂枉少年,三十犹狂没头脑。"的确如此,三十岁,少了三分少年轻狂,多了五分稳重成熟。如果你依然喜怒无常,只会让人觉得不成熟、不靠谱。所以,人到三十,学会不争你就赢了。因为愤怒解决不了问题,只会加剧矛盾。当你不再浪费时间去争论,而是安静地沉淀自己的时候,你要的,都会给你。人生很长,不争反而走得更快一些。心平气和、宽容大度才是三十岁的人生最好的处世方式。

四十岁应该干什么

有位哲人曾说过,"人生中的烦恼和恐惧,大多因为贪婪,你想得到得越多,就失去得越多。"四十岁人生半坡,无论是体力还是精力都大不如前,很多事情难免力不从心。这个时候,就要给人生做减法:减少欲望,学会知足。知足便是福,不贪就是圆满。人生最大的悲哀,就是用有限的生命去追逐无限的欲望,结果得不偿失。欲望太多,太过贪婪,很容易迷失自己,错失人生很多宝贵的东西。人到四十,越走越多的是年龄,越走越少的是时间。学会知足常乐,戒掉多余欲望,凡事不要逞强,珍惜当下拥有的,就是这年纪最简单的幸福。

五十岁应该干什么

《周易》中说:"知进退存亡而不失其正。"意思是说做人要懂进退,知道适可而止,什么时候该进,什么时候该退。人到五十,已年过半百,该拥有的已经拥有,没有拥有的再怎么苛求可能也都是徒劳。人生就是这样,注定有太多可遇而不可求,太多的无可奈何。放下执念,接受不完美,才可能遇到更好的风景。凡事不强求,才能把握当下,才不会辜负已经拥有的。正如陶渊明在《形影神三首》中写道:"应尽便须尽,无复独多虑。"人过五十,要学会顺其自然,看淡得失,一切随缘。

六十岁应该干什么

  宋朝大文学家苏轼六十岁的时候被放逐海南,当时那是最险恶偏远的蛮荒之地。但他没有抱怨,乐观豁然。甚至写信告诉他的儿子:"海南的生蚝太好吃了,你可千万别告诉朝廷那些人,不然他们肯定都会来海南跟我抢的。"从苏东坡身上,我们看到了人过六十,最好的活法就是笑对人生。前半生的经历已经告诉我们,忧愁解决不了任何问题,不如笑着面对余生。儿孙自有儿孙福,莫为儿孙做远忧,也不用为儿孙的未来忧虑。笑对人生,才是对前半生奔波劳累最好的回报。笑对人生,是六十岁以后最高级的智慧。"短的是人生,长的是磨难。"人生看似漫长,其实不经意间就走到了尽头。来不及遗憾,来不及感叹,来不及追忆。走好人生的每一段路程,过好每个年龄段的自己。不辜负岁月,也不辜负自己,就是人生最大的福报。不同的年龄,不同的取舍;不同的岁月,不同的生活。这就是人生!

有价值的人生

虽然我们的岁月、体力都会随着时间消逝衰退,但是"道"可以进步,"德"可以累积。分秒不空过,步步要踏实;善念不间断,好事日日做;妙法时时用,法喜多分享,如此才能创造有价值的人生。

人生的样子取决于此刻

世间上还有什么力量比心灵的力量更大呢?善念善言善行是做人的根本,只有持之以恒地践行,我们的人生才会有一个圆满的结果。心念决定言行,未来拥有什么样的人生,取决于此刻的起心动念。

做自己命运的主宰

说得直白一点，人生就是一条通往坟墓的道路，从这一点上来讲每个人都是公平的。但是走在这条道路上的每个人活得都是不一样的。差别就在于你是随波逐流还是活出自己。实际上我们大部分人都是随波逐流的，只有那些敢于主宰自己命运的人才成为了巨人。时代的进步是巨人引领的。

所以，人生不可随波逐流，要敢做弄潮儿，引领时代的发展。

目光所及即人生

人生如行路，一路艰辛，一路风景。你的目光所及，就是你的人生境界。

给人生留点余地

　　生活不要安排得太满,人生不要设计得太挤。不管做什么,都要给自己留点空间,好让自己可以从容转身。留一点好处让别人占,留一点道路让别人走,留一点时间让自己思考。任何时候都要记得给人生留点余地,不冒进,不颓废,不紧张,不松懈,得到时不沾沾自喜,失去时不郁郁寡欢,得失之间淡定从容。

简与淡是人生的底色

做人须简单，不沉迷幻想，不茫然未来，走今天的路，过当下的生活；不慕繁华，不必雕琢，对人朴实，做事踏实；不要太吝啬，不要太固守，要懂得取舍，要学会付出；不负重心灵，不伪装精神，让脚步轻盈，让快乐常在；不贪功急进，不张扬自我，成功时低调，失败后洒脱。简与淡是我们人生的底色。

美妙人生

我们常常为错过一些东西而感到惋惜，但其实，人生的玄妙，常常超出你的预料，无论什么时候，你都要相信，一切都是最好的安排。

希望是生命的原动力

人生是一场单程的旅行，或长途、或短程。人生就是一个不断期盼、追求、探索的过程，期盼忙着把理想变成现实，梦想成真。生活，因追寻理想而美好；人生，因理想破灭而苦闷。然而，没有翻不过的山，亦没有蹚不过的河，坚持定会有所收获。人的一生中会有很多理想。短的叫念头，长的叫志向，坏的叫野心，好的叫愿望。理想就是希望，希望是生命的原动力！一个人至少拥有一个理想，才会有理由去坚持，你可以有一段糟糕的经历，但绝不能放纵自己过一个烂透的人生。

人生与生活 | 态度人生

人生当有追求

  人生不可能一帆风顺，有成功，也有失败；有开心，也有失落。如果我们把生活中的这些起起落落看得太重，那么生活对于我们来说永远都不会坦然，永远都没有欢笑。人生应该有所追求，暂时得不到并不会阻碍日常生活的幸福。

读书与人生

  杨绛先生曾说："年轻的时候以为不读书不足以了解人生，直到后来才发现如果不了解人生，是读不懂书的。"随着年龄的增长，愈发发现生活的深刻之处，没有人生阅历，又如何懂得那些人生之理呢？

真实的一生

人生没有完美的,生活中处处存在着遗憾,这才是真实的生活。但是,纵使人生有着许多遗憾,如果你能平静地注视自己,然后将一生串联起来,无论平凡还是伟大,你的生命都会被赋予不菲的价值,因为它已经经受过灵魂的洗礼,因为我们已经能够回答自己人生的命题了。

生命的意义

人生的意义不在于何以有生，而在于自己怎么生活。你若情愿把这六尺之躯葬送在白昼做梦之上，那就是你这一生的意义。你若发奋振作起来，决心去寻求生命的意义，去创造生命的意义，那么你活一日便有一日的意义，做一事便添一事的意义，生命无穷，生命的意义也无穷了。

人生百般滋味

人生的滋味是酸、甜、苦、辣，般般具足。吃到苦的，忍受下去；吃到酸的，忍受下去；吃到辣的，忍受下去。吃到甜的时候，要反思，不能陶醉在甜蜜中。甜蜜总是暂时的，而酸、苦、辣才是经常的。

人生与生活｜态度人生

人活一世

我们活在这个世界上，不是世界选择了我们，而是我们选择了这个世界。

掌握人生节奏

每个人都有自己的人生节奏，没必要和别人比。天顺其然，地顺其性，人随其变，一切都是刚刚好。

飞翔人生

人,生下来不是为了拖着锁链,而是为了展开双翼。

人生当如寒梅

人要像梅花一样,经得起严冬的磨炼。一直处在安乐环境中的人,就像温室里的花朵,无法经受风雪的考验,很快就会枯萎、凋零。

人生与经历

无意间在网上看到一段话："走过阳关大道，也走过独木小桥。路旁有深山大泽，也有平坡宜人，有杏花春雨，也有塞北秋风，有山重水复，也有柳暗花明，有迷途知返，也有绝处逢生。"想想人生还真是这样的，没有永远的曲折，也没有永远的坦途，都经历了才是人生的全部。同时，不管道路如何，沿途都有风景，也都有不值得留恋的地方。

人生辩证法

人生往往就是这样，当你认为得到时，可能你正在失去其他东西；当你觉得失去时，或许你已经得到另一些东西。这就是人生的辩证法，所以永远不要得意自己得到了什么，也不要因为失去了什么而过分失意。

掌握人生的平衡

有时候想想,我们的人生何尝不像是在走钢丝,一旦把握不好平衡,不是掉在左边,就是掉在右边。能走到终点的,都是平衡掌握得好的优胜者。

平淡人生

有哲人说,人一生中只有5%是精彩的,也只有5%是痛苦的,其余90%都是平淡的。所以,我们不必要过分计较那两个5%,毕竟它们都是短暂的,我们更应该过好的是那90%,要让平淡不平庸,在平淡中体会生命的意义。

人生与生活 | 态度人生

百味人生

必须认可"百味人生"才是真正的人生。因为人生几十年,酸甜苦辣咸,各种滋味都会有,哪一种没尝到都不是完整的人生。

人生四季

其实我们每个人的人生就像一年四季,有春的希望,有夏的浪漫,有秋的成熟,有冬的安享。每个季节应该干些什么必须要清楚。充满希望的春天要去耕耘,要去奋斗,把一切的基础打牢;绚烂多姿的夏天要充分展现自己美的一面,让欣赏你的人喜欢上你,体现自己的价值;收获的季节要稳重,要稳扎稳打,要确保颗粒归仓;冬天来了,也不要悲伤,要试着欣赏冬天的美,平静地享受一生的收获。

人生七笑

看到网上一段话，人生最值得七笑。"吃亏的时候坦然一笑，是一种豁达；被人误解的时候微微一笑，是一种素养；受委屈的时候淡然一笑，是一种大度；无奈的时候达观一笑，是一种境界；危难的时候泰然一笑，是一种大气；被轻蔑的时候平静一笑，是一种自信；觅得好物的时候舒心一笑，是一种知足。"这样的人生态度确实值得追求！

人生路宽

如果说人生一条路，那么这条路一定要越走越宽。且行且珍惜，且走且感悟。

人生箴言

人生，重在选择，贵在执着，赢在坚持。

人生不都是舒适

看到天上飞舞的风筝，想一想是不是像极了我们的人生？外人看到的是自由翱翔、风光无限，可谁知道拽着线头的手里都捏着一把汗。

人生各有路

千万不要拿自己的人生和别人相比，因为别人一生走过的路你并不知道。

人生与生活 | 态度人生

从容面对人生

我们的命运由我们的行动决定，人生就像是一场戏，自拍自导自演，多希望有多一点点时间，把里面的杂碎全部忘却，只留下那美好的每个瞬间。其实我们的生活最好的幸福就是平淡，每个人都有自己的烦恼，所以我们该从容地面对！

让自己的选择变得正确

人生总要面临选择，而且我们总是告诫自己做选择时要慎重，避免一着不慎满盘皆输。其实哪有这么多正确选择呢？有些选择并不是一开始就正确，而是要努力奋斗，使自己当初的选择变得正确。

适当圆滑

人生有时候也像不停在用的铅笔,开始很尖,用着用着就磨得圆滑了。不过,太过圆滑了,就差不多又该削了。

合 适

有多大的脚就穿多大的鞋,有多大的能耐就做多大的事。这也许就是人生的诀窍。

眼光要远

我们活在这个世上，在任何情况下都不能近视，要不断培养远视的能力。看得远才有可能飞起来，只看到脚下就只能是小步前行。

走好每一步

人生的路很长，需要一步一步地走。哪一步是关键，有时候我们无法知道，所以就走好每一步吧。

做人八颗心

作为一个人,一定要有这八颗心。一是爱心,凡事包容,诸事忍让;二是虚心,谦虚为人,低调做人;三是清心,控制欲望,寻找心灵的平静;四是诚心,将心比心,以诚相待;五是信心,相信自己,保持积极的心态;六是专心,心无旁骛,使人生更有效率;七是耐心,机会总在等待中出现;八是宽心,学会选择,懂得放弃。

【可愛的生活】

爱生活

生活是这样的。你若爱,生活到处都可爱。你若恨,生活到处都可恨。所以,不是生活选择了你,而是你选择了生活。难道不是这样吗?

顺其自然

生活中往往是你最在意什么，什么就会折磨你；你最计较什么，什么就会困扰你。而即使是很大的事，当你用顺其自然的心态去面对它时，就会发现其实也没什么，很多情况下就是自己想得太复杂而已。

生活律动

有时候想一想,生活就是一种律动,有光有影,有左有右,有晴有雨,趣味就在这种变化之中。悲喜都是生活的一部分,缺了什么都不圆满。

生活本就不完美

人都会有失败、失意的时候。追求完美是我们的理想,但是很多人不知道不完美才是生活的本来面目。

注重生活的过程

生活仅仅是一个过程,而这个过程无论多么复杂,最终结局都是一样的。所以生活应当注重的是过程,而不是结局。

经营生活

我们要学会经营自己的生活,不是天天混日子,也不是天天熬日子,而是天天享受日子,所以这就需要经营。

生活继续

请相信：无论如何，生活是合理的。

体悟生活

我们经常听到一句话，说生活就是修行。那什么是修行？我认为在生活中体会到人生的智慧，让自己过得更通透，修行的目的也就达到了。所以，问题的关键就在于体悟生活。在生活的悲欢离合中体悟到生命的无常，然后拥有了生命的智慧，这才叫修行。只是经历不去体悟，是得不到智慧的。

没有白走的路

人生没有白走的路,累也好,痛也好,终将成为那束光,照亮我们继续前行的路。

活出自己的幸福

每个人都有每个人的路。自己脚下的路,不需要看着别人的脸色走。自己手里的幸福,也不需要用别人的眼光来证明。人生往往会陷入两大误区:一是生活给别人看,二是看别人生活。

第二十八章

生命与自然

【生命】

选对舞台

生命的最高境界,是选对舞台,尽情表演,塑造自己的角色。

生命应当轻装上阵

　　一个行囊，如果已经装得太满了，就会很沉很重很累。一个生命背负不了太多的行囊。拖着疲惫的身躯走在人生大道上，我们注定要抛弃很多。果断地放弃是面对人生、面对生活的一种清醒的选择。只有学会放弃那些本该放弃的包袱，生命才会轻装上阵。

超越局限

　　生命就是这样一个过程，一个不断超越自身局限的过程，这就是命运，任何人都是一样。

活明白

人活着活着就明白了。当然,也有人总是活不明白。这也构成了我们这个人世间。都明白与都不明白都不是最好的状态。

活得潇洒

"不乱于心,不困于情,不念过去,不畏将来。"我觉得这就是一个人活得潇洒、安然的样子。

生命潇洒

生命，就像一场永无休止的苦役，不要惧怕和拒绝困苦，超越困苦，就是生活的强者。任何经历都是一种累积，累积得越多，人就越成熟；经历得越多，生命就越有厚度。痛苦并成熟着，快乐并丰满着。用一颗感恩的心去感谢生活赠予我们的一切，用坚强造就你独一无二的人生，面对逆境，潇洒走一回，一切都无所谓，这何尝不是一种领悟。

遵守自然规律

世间的起起伏伏,我们总觉得有一只无形的手在掌控。这只无形的手大概就是我们常说的自然规律。所以,做任何事情千万不要违背规律。

PAGE 438 | 态度人生
生命与自然 | 自然

自知之明

与宇宙天地相比,我们渺小如尘埃。

与文明历史相比,我们无知如蝼蚁。

历史就是重复

世间万物都在重复,历史从来不是直线式的。我们感受到的变化只是形式的变化,而没有质的不同。

第二十九章

欲海

管控欲望

放任欲望，就会像随意疯长的花木一样，一定会丑陋不堪。只有经常修剪，才能使它们成为一道悦目的风景。剪去狂躁，才能冷静处事；剪去虚浮，才能脚踏实地；剪去贪欲，才能保持清醒；剪去猥琐，才能不令人厌恶；剪去这些杂乱的枝干，才能有一颗愉悦的心。

欲海

求

人要知道什么时候该求,什么时候不该求。该求的时候就要积极去求,但是要明白应当求到什么份儿上。否则,最终可能一无所获。

实现欲望的方法和手段

人活着无非就是追求物质和精神。物质满足了,还要实现梦想。仿佛欲望总是无止境的。这无可厚非。关键在于方法和手段。

明确自己的需要

饥饿是最好的调味品,疲劳是最好的催眠药。这说明了什么?说明外在的一切都不及我们自身的需求。所以,了解自己需要什么才是最关键的,而不是看到了好的东西就想拿来据为己有,有些可能不一定能满足我们的需要。

欲海

贪 欲

人性的孽根性就在于不知足。有个词叫欲壑难填，说的就是这个。现在有一些人，吃了地上吃天上，几乎活的东西都想品尝一下。还有一些人，贪了百万想千万，贪了千万想万万，到了嗜钱如命的地步。殊不知，钱到一定地步，就只是一堆数字，而且会让人丧心病狂。

所以，要正确认识自己，合理把握度和分寸。不是自己的或不该碰的东西不要去碰，碰了一定烫手，碰多了灼伤的还是自己。

贪求不可多

心中没有过分的贪求，自然苦就少；口里不说多余的话，自然祸就少；腹内的食物能减少，自然病就少；思绪中没有过分的欲望，自然忧就少。

学会做减法

我不觉得人的心智成熟是越来越宽容,什么都可以接受。相反,我觉得那应该是一个逐渐剔除的过程,知道自己最重要的是什么、不重要的是什么。

取 舍

鱼和熊掌不可得兼,人生路上不可避免要有所选择,有所放下。选择是明智者对放弃的诠释,只有量力而行、善于抉择才会拥有更辉煌的成功;放下是智者面对生活的明智选择,只有懂得放下、善于取舍才能事事如鱼得水。学会选择、懂得放下,才能拥有海阔天空的人生境界。

欲海

需要和欲望不是一个东西

我们之所以有时候活得很累，往往就是因为把欲望误认为需要，使自己疲于奔命，越陷越深。其实，人真正需要的并不多，然而欲望却是无尽的。

占便宜

财富这个东西，不是你今天占了便宜就永远是你的。如果它本不属于你，这些"便宜"早晚会失去。而且失去的可能比你当时得到的更多。

第三十章

满则溢

满则溢 | 知足

来去都是福

　　大多数人只知道缘来之福,而不懂得缘去之福。天地间,自然万物为何如此美丽,因为天地万物都在循环。风水、日夜、四季、花草都在生生灭灭间循环。光知道缘来之福的人,那只是片刻的欢愉,时间久了,就成了一池死水。

水至清则无鱼

水至清则无鱼。这句话说得甚为有理。关键就在一个"至"字,也就是"度"的问题。任何时候都要掌握好"度"。因为,永远不要忘了我们是要抓鱼的。

PAGE 450 | 态度人生

满则溢 | 知足

知道，知足

哲人讲人生有两个境界，一个是知道，一个是知足。知道，让人活得明白；知足，让人活得平淡。的确如此，我们生活在这个世界上不能不知道，不能不掌握一定的知识、一定的信息，否则就无法生活，特别是在今天科技和信息高度发达的时代，一个人掌握知识和信息的水平与你的成就肯定是正比关系，一个孤陋寡闻的人一定不会取得事业上的成功。然而成功后，不能不懂得知足，否则一定是痛苦的。而且这两者还需要保持一定的关系，不能顾此而失彼。

拿起干脆，放下自如

一个人心累的原因，大概就是常常徘徊在拿起和放下之间，犹豫不决、举棋不定。如果拿起干脆、放下自如，我想人心是不会累的。

【留餘地】

三分与七分

"心"字三个点,没有一个点不在往外蹦。你越想抓牢的,往往是离开你最快的。一切随缘,缘深多聚聚,缘浅随它去。人生,看轻看淡多少,痛苦就离开你多少。做粥要放三分米,七分水。处事要三分为己,七分为人。对朋友要三分认真,七分宽容。对家庭要三分爱,七分责任。看文章,三分在看,七分在品。喝酒要到三分醉,七分醒。

不计较

人和人之间最舒服的关系是亲疏有度、相看不厌、久处不累，这样的关系形成的基础是不计较。

予人方便，就是待己仁厚。人心是相互的，你让别人一步，别人才会敬你一尺。人心如路，越计较，越狭窄；越宽容，越宽阔。不与君子计较，他会加倍奉还；不与小人计较，他会拿你无招。

有些事无需计较，时间会证明一切；有些人无需去看，道不同不相为谋。世间事，世人度；人间理，人自悟。面对伤害，微微一笑是豁达；面对辱骂，不去理会是一种超凡。忍耐不是懦弱，而是宽容；退让不是无能，而是大度。"计较"生是非，"无视"己清静。

让他几分又何妨?

朋友之间不总是和谐,但也绝不是永远对立。人生苦短,每个人都不容易,有交集才会精彩。相逢是前世修来的缘,大家同坐一条船,拥挤总是难免,立足之地不过尺许,让他几分又何妨?

不轻易下结论

在日常的交际、交往中逐渐发现,有时候轻易地说观点、下结论,是一件非常可怕的事情。因为有些事一旦下了结论,你就不会再深入思考了,同时也就关闭了进一步深入了解的大门。所以,我们得谨记这一原则,不到万分成熟,不能轻易下结论,给自己留一点时间,也给事情留一点更前进一步的空间。

话到嘴边留三分

说话的分寸有时候的确很重要。如果说话不给对方留余地，其实也是在断绝自己的后路。同时，留有余地也是对别人的一种尊重。

放眼未来，取舍有度

我相信这个世界上的很多东西都是有限度的，一旦超过了限度，可能就需要付出十倍、百倍的代价来偿还。所以，聪明的人总是取舍有度，方能持续发展；而愚蠢的人总是痴迷眼前，所以也不会拥有好的未来。

满则溢 ｜ 留余地

有缺憾才是恒久

　　每个人，都在争取一个完满的人生。然而，世界上没有绝对完满的东西。太阳一到中间，马上就会偏西；月圆，马上就会月亏。所以，有缺憾才是恒久，不完满才叫人生。其实，最好的境界就是花未开全月未圆。

给别人留余地

　　在狭窄的路上行走时，要留一点余地给别人走；遇到美味可口的好菜时，要留出三分让给别人吃；这就是一个人立身处世最安全的方法。

需求如同吃饭,满则溢

得到需要的,是福;贪求过多的,是累。人生的需求如同吃饭,只能吃两碗的饭量,如果贪图饭菜的香味多吃两碗,不但不能正常享受多吃的好处,相反,倒会因为胃承受不了而带来痛苦。

凡事留余地

登山切不可登顶,如同说话切不可说满。任何事都是一样,自己做七分,留三分给儿孙。这是我们中国人的智慧。

一半争一半随

人的一生,应当是一半要争,一半要随。争,是因为人世间没有唾手可得的东西,只有主动争取才能一步步接近幸福。随,不是随波逐流,而是知止而后安。

留点余地

人的一生中,任何事情都不能做得太满,要留一点好处让别人占,留一点道路让别人走,留一点时间让自己思考。任何时候都要记得给人生留点余地,否则人生就走进了死胡同。

留和让

路径窄处，留一步让人走；滋味浓时，减三分请人尝。

轻装上阵

人都是一边走一边扔，走出来的是路，扔掉的是包袱。要永远记住：只有轻装上阵才能走得更远，所以，有时候不要不舍得扔。

满则溢｜留余地

不强求完美

人总是喜欢追求完美，觉得好茶需要配好壶，好花需要配好瓶。却往往不能理解，有时候缺憾才是一种美丽，随性更能怡情。太过精致，太过完美，反而要惊心度日，不得安生。所以，我们凡事都不可强求完美。

知理知趣知足

我始终觉得知理、知趣、知足是做人很重要的三点。知理，就是懂得做人的道理，把握好自己应有的本分；知趣，就是把握做事的分寸，追求做事的艺术性；知足，就是懂得满足，不要成为物欲的奴隶。始终牢记这三点，并不断修炼自己，就一定会成为一个备受欢迎的人，也会成为一个脱离了低级趣味的人。

留余地

我们做人做事最好都要留有余地。正所谓"物有余地好回转,话有余地好商量,事有余地好变动"。不留后路的人,很可能将走投无路。

做人处事留余地

利不可赚尽,福不可享尽,势不可用尽。生而为人,实属不易,一定要给自己给他人留有余地。

第三十一章

把握当下

时光不会倒流

  我们都曾幻想过,如果时光可以倒流,将所有的遗憾重新来一次,这样的人生该多完美!可是没经历过失去的遗憾,又怎会懂得珍惜呢?许多事只有亲身经历过才会懂,也只有经历过许多的人才明白,应当以一颗平常心应对无常的人生。不要计较这一路走来的苦与痛,感恩昨天的经历,追逐明天的幸福。

过去的就过去吧

　　幸福的人生，需要三种姿态：对过去，要淡；对现在，要惜；对未来，要信。人生的答卷没有橡皮擦，写上去就无法再更改，过去的就让它过去，否则就是跟自己过不去。真正属于你的，只有活生生的现在，只有握得住当下，才有可能掌控自己的命运。只有相信未来，相信自己，今天的你才能成就明天的你。

珍惜当下

　　我们常常犯这样的错误，就是把自己已经拥有的看得太轻，把得不到的看得太重。可是，我们要知道，万事来去总有因。因此，要珍惜当下所拥有的事物，享受此刻所拥有的生活，才是最好的活法。要知道，你所拥有的，就是最好的东西，此时此刻，便是最美的时刻。

就现在

不知哪位哲人说过："种一棵树最好的时间是十年前,其次是现在。"所以,如果你已经错过了十年前种树的时机,不要懊悔;现在种树,总有一天,它也会亭亭如盖。所以,但凡能成功的人都是善于决断的人,想好了现在就"种"。因此,我们常会觉得他们总是善于捕捉时机,实际上是他们善于决断。

当 下

在顺境中把握当下,是一种功夫;在逆境中活在当下,是一种境界。

把握当下

安于途中

对于生活,我们往往是在度过,往往将最美好的愿望寄予终极。仿佛最美好的风景只在彼岸,而此岸只是一种过渡,因此我们对沿途的风景常常忽视。其实,生命中绝大部分的风景都是在途中,要学会安于途中!

从今天开始创造未来

我们之所以对有些事情不能放下,主要还是在得失利害方面放不下。因为我们总是希望在未来,出现合乎我们意愿的结果。如何才能把这些都放下呢?其实很简单,从当前的准备工作开始,去创造这个未来!不要只是去担忧它,等待它。把握当下,只要我们去努力了,我们的将来就会有希望。担忧和等待,根本没有什么帮助,反而是障碍。你越在意它,可能它越不会来,我们要做的只是现在不断地去准备,最后它就来了。

善于把握

每一刻都是一次全新的机会，有些看似消极的事物，也带着有用的信息。关键是善于把握。

关注此时此刻

我想我们每个人都应该停止怨天尤人，减少退缩和逃避，将更多精力用于此刻该做的事，为自己负责，为他人负责，为社会负责，为民族负责。

记 忆

记忆像是倒在掌心的水，不论你摊开还是紧握，终究还是会从指缝中一滴一滴流淌干净。

珍惜每个瞬间

匆匆是光阴,忙忙是人生。我们都是岁月的过客,空手而来,赤手而去,在岁月的尽头终成云烟。相识时要好好把握,相处时要坦诚相待,一年也就三百六十多天,一生也就几个十年。

所以要珍惜每一个瞬间,珍惜每个瞬间所遇到的!

珍惜此刻的遇见

我们生命当中有很多重要的人。但是此时此刻,我们是彼此生命当中最重要的人。你说你还有重要的人,实际当你去等待那位重要的人的时候,可能已经错过了当下的遇见。甚至这一生可能就这样错过⋯⋯

第三十二章

钱财取之有道

钱财有两面

在我们的观念里，有时候把钱财看作是万恶之源。其实钱财本身是中性的，只是我们的态度和用途决定了其结果。所以，要学会与钱财和平共处，并发挥它最大的作用。

钱财取之有道

价值变现

你永远不要抱怨有些人看似悠闲而拿高工资,而自己加班加点、累死累活却薪酬低得可怜!因为,拿高工资的人已经完成了能力的积累,他们现在的每一点付出都比你更值钱。所以,要想成为别人羡慕的人,道路只有一条,那就是尽快完成能力积累,并不断超越。

钱财流动的价值

水流涓涓,才能奔流不息;万象始新,才能生生不息;财富流动,才能福慧万家。凝固的东西美,流动之物更美,也更有价值。

用"无"的心量对待金钱

对待金钱,不应该抱着"有"的心态,而应持着"无"的逆向思考模式,因为"有"将会使你的金钱有所限量,但是"无"的心量却能让你的金钱无限、无量。

得益于人的财富才是真财富

位高权重,未必是"高";人微言轻,未必是"低"。关键是看你的言行,怎样对人对事。对需要帮助的人真诚奉献,内心富足,这个才是真财富。把钱财多少当财富的人,今天可能股票涨了,钱财多了;明天跌了,顷刻之间财富又减少一半。只有做些让周围人得益的事,才是真财富,任何人拿不走。

付 出

如果我们去问问很多失业找不到工作的人,或者去问问大学刚毕业的学生,很多人会抱怨现在不好找工作,或找不到合适的工作。如果再去调查各个行业的老板,许多老板又抱怨招不到诚实又能干的员工。那么问题究竟出在什么地方?

地里的庄稼是先播种,再浇水施肥,经过辛勤劳动后才能结出果实;炉子里的火和热量是要放进木头或煤炭,然后才会释放出热量。道理就是这样简单——你要先付出,然后才能得到。

第三十三章

智慧

智慧

找准定位，打造核心竞争力

没有人不希望自己拥有智慧。但是智慧是什么？这是所有人都在探讨的事情。老子说"知人者智，自知者明"，让我们若有所思，也若有所悟。知人很难，自知更难。但是，真正的智慧就是认识自己。

这话听起来可能有点深奥，但实际确是如此。想一想，我们不管是做人还是做事，首先要给自己定好位，知晓自己的长处、短处，然后才会有合适的目标，才会成功。做生意、干事业也是一样，不管你从事什么行当，首先要弄清楚自己这份事业的核心竞争力是什么，一切工作都要围绕核心竞争力的打造来开展，否则一定是一败涂地。这就是认知自我，也就是人生最大的智慧！

用智慧处事

面对许多的情况,只管用智慧处理事,以慈悲对待人,而不担心自己的利害得失,就不会有烦恼了。

大象无形、大音希声

人生最大的悲哀,是对前途没有希望;人生最坏的习惯,是对工作没有计划;失败者,往往是热度只有五分钟的人;成功者,往往是坚持到最后的人。无言、心心相印,是谈话的最高艺术;无相、事事默契,是做事的最高境界。这就是我们中国人的智慧所在,也就是所谓的大象无形、大音希声。

智慧

智慧、慈悲

懂得以智慧、慈悲来处理问题,心就不会经常打结。心若能清明自在,不管任何境遇,都可以保持平静、稳定、自主、自在的心境。心里放不下别人,是没有慈悲;心里放不下自己,是没有智慧。

用眼睛看世界

每个人都睁着眼睛,但不等于每个人都在看世界。许多人几乎不用自己的眼睛看,他们只听别人说,他们看到的世界永远是别人说的样子。

大智大勇渡风浪

在风平浪静的海面上,所有的船只都可以并驾齐驱,但当命运的铁掌击中要害时,却只有大智大勇的人,方能泰然处之。

万物为我所用

指导我们物质生活的首要智慧原则,应该是万物皆可为我所用,但并不一定为我所有。空气阳光、道路河流,都能够为我所用,但都非我所有。所以,我们始终感觉其无限。如果其他的一切都能如此认为,那我们的生活就不会有苦恼。人因欲望造成的烦恼,就是因为没有看清这一道理。

实际上世间的一切,也都是为我们所用而已。

智 者

自古以来,人就分三类,就是所谓:"圣者得道,智者守道,愚者背道。"因为智者明白"举头三尺有神明",所以智者的做事准则就是不但做给人看,还要做给天看。

宽、厚、缓

古人云:"处难处之事愈宜宽,处难处之人愈宜厚,处至急之事愈宜缓。"这就是智慧。遇到难事要把视野放宽,放宽才能找到出路;遇到不好相处的人更应宽厚待之,宽厚才能有相处的空间;遇到急事切忌着急,缓一缓或许会有转机,缓一缓或许我们想得更加清楚,对策更加有效。

大道至简

大道理是极简单的,简单到一两句话就能说明白。世间琐事难就难在简单。简单不是敷衍了事,也不是单纯幼稚,而是最高级别的智慧,是成熟睿智的表现。完美的常常是简单的。学会了简单,其实真不简单。

放下自我

闭上眼睛好好地想想，自己是不是因为心浮气躁，而搞砸过很多事？是不是常常被环境、被人所影响？是不是常常为了小事生气，不放过自己？懂得以智慧、慈悲来处理问题，心里就不会经常打结，心能清明自在，不管处身在任何的状况中，都可以保持平静、稳定、自主、自在的心境。

聪明人

　　人生之所以烦恼丛生，往往在于所知太多，无法消解，所以有时需要装聋作哑。

抚　平

　　生活中，我们如果有看不惯的事，大多是智慧还不够。

第三十四章

缘起看淡

态度人生　485 PAGE
缘起看淡

富 贵

  人的生命无常流转，在人的生命过程中，人生只不过是极有限的一环。因而人在现实生活中所经历和拥有的一切，包括富贵和象征富贵的一切内容，都只不过是因缘和合而起的一种偶遇，并不属于人的本质。缘尽之时，相互也就离散，所以人们在短暂的现实人生中所拥有的富贵，相对于流转不休的生命而言，只不过是过眼云烟，转瞬即逝。

态度人生

缘起看淡

命运自有安排

命运不会亏欠谁。看开了,谁的头顶都有一汪蓝天;看淡了,谁的心中都有一片花海。春绿冬黄,你才能感受自然的交替;晴雨交错,你才能领略外界的变幻。不要以为得到了什么,其实人时时刻刻都是在失去。不要抓得太紧,抓得越紧,丢失得会越多。

修行的根本

远离了名利的追逐，人世间的攀缘，留下来的便是安宁，使人能有更多的时间反思自己。古德常说："放下多少就得到多少！"要做到人前人后一个样，想的做的一个样，不去刻意伪装自己，这就难了。也就是说，见不得人的事情不去做，肮脏的事情不去做，连想都不要去想，时时刻刻，在在处处，念欲为大患，有漏皆苦，这是修行的根本。

万事皆空，把握当下

世界上没有一样东西是永远属于你的，包括你最爱的人，养大的孩子，包括你的财富，你的身体，最后也会回归尘土。世间的一切我们只有使用权而非永久拥有权。世间的一切都是借给我们用的……所以，凡事都有缘起缘灭，强求不得。人生如过客，欢欢喜喜地来，高高兴兴地走。最重要的是，把握当下！

缘起看淡

减少欲望

欲动,则心动;心动,自然烦恼丛生。得与失、荣与辱、起与落,这些东西,你在乎得越多,心里就会越痛苦。你舍弃得越多,内心就会越清静。

不把自己看得太重要

把自己看得重要了,必然会忽略他人。一个人可以自信,但不要自大;可以狂放,但绝不能狂妄。不把自己看得太重,其实是一种修养,一种风度,一种高尚的境界,一种达观的处世姿态,是心态上的一种成熟,是心智上的一种淡泊。

做一个简单的人

我不觉得人的心智成熟是越来越宽容涵盖,什么都可以接受。相反,我觉得那应该是一个逐渐剔除的过程,知道对自己最重要的是什么,知道不重要的东西是什么。而后,做一个简单的人。

定 力

人生充满变数,定力如何,直接影响到人生的走向。所谓定力,就是对自己的控制力。定力好的人,谨言慎行,不随波逐流,不放纵欲望,有所为,有所不为。因而不被情绪左右,淡看名利得失,宁静做自我,从容过生活。淡了,静了,你的生活才会听你的安排。

缘起看淡

看轻自己

得志时,好事接连而来,车水马龙,失意时,花随风去,树倒猢狲散。这就是现实。所以,不要把自己看得太重要。失落了,委屈了,无奈了,不幸了,这些都是我们生命中不可或缺的。

释 然

人生得意时要淡然,失意时要泰然,生活奋斗中要顺其自然。生活需要一种磨炼,一种定力,一种修养,这不是一日之功所能达到的境界。要把一切失败、荣辱当成向上攀登的台阶,那样才能拥有释然自在的一生!

放 下

　　做人，要当提起时提起，当放下时放下。功名富贵放不下，生命就在功名富贵里耗费；悲欢离合放不下，生命就在悲欢离合里挣扎；放不下金钱、放不下名位、放不下人情，生命就在金钱、名位、人情里打滚；对是非放不下，对得失放不下，对善恶放不下，生命就在是非、善恶、得失里面，不得安宁。

艰苦朴素

　　有名，不要高高在上；有利，也不要贪得无厌；我们务必牢记，成名者是从普通人中间推举出来的，必须以朴素为本，才不会被名所惑。利益，是从艰苦的劳作中生产出来的，所以，要懂得珍惜、知足，否则，利欲熏心，我们人生的健康最容易被利益摧毁。

缘起看淡

气

谈到"运气",可能好多人都会觉得自己运气不好,有些自认为应当得到的而没有得到,都怪罪于运气。实际上,运气从何而来呢?天上掉馅饼的运气不是运气,那只是巧合。我倒觉得运气是需要运作的,只有充分地运作,周密地布局,那个"气"才会在你这里聚集,聚集到一定程度,所谓的"运"才会降临到你的头上。

机 缘

任何物、任何事,之所以成物、成事,都有其机缘。物的东西,有些我们可以直观感受到。但是有些事就难以把握了,更何况我们的漫漫人生。其实人生结缘的方法有很多,你同别人讲几句话,是语言上结缘;电梯间里对陌生人点头微笑,是心灵上结缘;别人不认识路,你指给他,也是一种结缘;别人遇到困难,你伸出援助之手,更是结缘。结不同的缘就有不同的人生,想要不同的人生,就要结不同的缘。

不在乎

我们往往会遇到这样的情况：在意得越多，遇到的麻烦就会越多；什么都不在乎的时候，反倒一点麻烦都没有。

学会忘却

人这一生，如果事事都要记住的话，那实在是太多太多了，结局肯定会是累死；所以，我们应该学会忘却，把不该记住的统统忘却，才会轻装上阵，愉快地走完一生。

因 果

都说"道不远人，人远道"，但是没有几个人能明白其中的真正道理。现在许多人的悲哀是在一次一次的惩罚面前，不能做深刻的反思和醒悟，总是以为"这件事倒霉"，或者"这是偶然事件"。其实，这个世界上发生的任何事，从来就没有偶然，一切都是必然，都是因果律。

缘起看淡

随 缘

其实细想一下，我们每个人都不过是天地的过客，很多人和事，我们是做不了主的，那就随缘吧。

随

在这个世界上，任何事都不可能一帆风顺、事事如意，总会有烦恼和忧愁。当不顺心的事萦绕心头的时候，该如何面对呢？有句话叫"随缘自适，烦恼即去"。何为随？我想：随不是跟随，是顺其自然，不怨恨，不躁进，不过度，不强求；随也不是随便，是把握机缘，不悲观，不刻板，不慌乱。

享受寂寞

一个人会享受寂寞，那你就差不多可以了解人生了，就可以体会到人生更高远的一层境界了。

不被名利诱惑

名与利虽然是一种荣耀，值得我们去追求，但更多时候也是一种陷阱。人一旦开始刻意追求，一定会掉进陷阱，也一定是凶多吉少。所以，人要理性对待名与利的诱惑，不被这种诱惑所左右，那就是一种超然，一种真正的洒脱。

态度人生
缘起看淡

不 争

我们常常被一个"争"字所困扰,争到最后,原本阔大渺远的尘世,只剩下一颗自私的心了。其实在生活中,可以有无数个不争的理由:心胸开阔一些,得失看轻一些,为别人多考虑一些,哪怕只是少争一点,把看似要紧的东西淡然地放一放,你会发现,人心会一下子变宽,世界会一下子变大。

不要抓太紧

有些事情不要抓得太紧,抓得越紧,丢失的会越多。就像用手去抓沙子,越用力反而流走得越快。

时间自会证明

古语说:"水至清则无鱼,人至察则无徒。"所以它告诉我们,人活着,没必要凡事都争个明白。很多情况下,争的是理,输的是情,伤的是自己。黑是黑,白是白,时间自会证明。

平淡的一生

逆境是磨炼意志的熔炉,困苦是完成人格的助燃剂,理想是建设人生的灯塔,信心是到达目标的原动力。性格像三国,合久必分,分久必合;情感像西游,经历九九八十一难,方才取得真爱;事业更像红楼,总有人把它奉为攀登,耗费毕生精力;人生最像水浒,管你有多轰轰烈烈,最终一切被平淡招安。

缘起看淡

何必太执着？

人生最怕什么都计较，却又什么都抓不牢。失去的风景，走散的人，等不来的渴望，全都住在缘分的尽头。何必太执着，该来的自然来，会走的留不住。放开执念，随缘是最好的生活。

万事皆空

人生一辈子，有时想想还真是除了生死，什么都是闲事。没有一样是你带来的，也没有一样是你能带走的，来这世上颠一回，一切的拥有只不过是借来的，总有一天必须连本带利还回去。

看淡得失，无谓成败

　　一切因缘而起，因念而生。执着于事物，就会患得患失，烦恼也接踵而至；如能看破放下，心无挂碍，就会无所畏惧。人生往往是怕什么来什么，当你看淡得失、无谓成败的时候，反倒顺风顺水、遇难成祥。

知　止

　　不论是好事，还是坏事，从什么时候开始不重要，重要的是要知道该什么时候结束。这就是"知止"的智慧。
　　但是，现如今有很多人不明白这个道理，走上了坦途就以为会风雨无阻，但是不知道危险就在眼前。

后记

「态度人生」

人生问题是一个大课题。几千年来中国传统文化或者说中国哲学所谈论的就是人生问题,但这也是一个没有答案的问题。因为每个人的人生境遇、天赋禀性都是不一样的,特别是在当今这个纷繁复杂的社会当中,很难说哪个信条是对的,也很难说哪个信条是错的。但是,在我们每一个人的人生转折点上,在一定的条件下和时间阶段内,有些人生选择或者处事方式,应当是有优劣之分的。所以,我们要学会从古人的智慧中、从别人的经历中、从往事的经验里,吸取营养供自己走好人生路。因为人只要活在这个社会当中,凡事都会有个态度。不同的态度累积起来也就成就了不同的人生,大概这也就是我们常说的"人生百态",《态度人生》的编著也就是出于这样的目的。正如书前《作者的话》中所言，书中只言片语所表露出来的观点，就我们某一个个体来说肯定不会全部适合，但总有一条会帮到正在努力拼搏的你。如果是那样，也便是作者最大的欣慰了。

由于这些只言片语是多年积累而成的，个中观点都是当时应景而生，即使前后矛盾，作者以为也正反映了我们人生的本来面目。想想在我们人生中有多少事情，在年轻时觉得是对的，年纪大了又觉得是那么的幼稚与可笑呢？

最后，需要声明的是，本书所选内容既有作者自己的总结，也有不少是受到网络、书刊上一些观点的启发而作，雷同之处在所难免，况且但凡是人生之智慧，古人早已告诉我们，后人只是从不同的侧面予以阐述而已。

人生路漫漫，唯有心者方能有所成就，愿人人没有苦难，从容一生！

作者
2022 年 9 月

图书在版编目（CIP）数据

态度人生 / 曲胜利编著． -- 北京：
中国戏剧出版社，2023.2
ISBN 978-7-104-05291-3

Ⅰ．①态… Ⅱ．①曲… Ⅲ．①随笔－作品集－中国－
当代 Ⅳ．①I267.1

中国版本图书馆CIP数据核字（2022）第201452号

态度人生

责任编辑：高　峰
项目统筹：李　静
责任印制：冯志强

出版发行：中国戏剧出版社
出　版　人：樊国宾
社　　　址：北京市西城区天宁寺前街2号国家音乐产业基地L座
邮　　　编：100055
网　　　址：www.theatrebook.cn
电　　　话：010-63385980（总编室）　010-63381560（发行部）
传　　　真：010-63381560

读者服务：010-63381560
邮购地址：北京市西城区天宁寺前街2号国家音乐产业基地L座

印　　刷：京彩美印（北京）广告有限公司
开　　本：787mm×1092mm　1/16
印　　张：31.25
字　　数：300千字
版　　次：2023年2月　北京第1版第1次印刷
书　　号：ISBN 978-7-104-05291-3
定　　价：338.00元

版权专有，违者必究；如有质量问题，请与出版社联系调换。